Sie ist noch ein Mädchen und muss doch lernen, als Frau zu überleben: Maryam ist von Boko Haram entführt worden. Gemeinsam mit ihrer Freundin Buki entkommt sie der höllischen Gefangenschaft, aber der Weg zurück ist lang und die gleichgültige Schönheit der nigerianischen Wildnis nur eine andere Form des Terrors. Und ist für Maryam überhaupt eine Heimkehr möglich? Für die nigerianische Regierung ist sie als Geflohene ein Vorzeigeobjekt, für ihre Familie eine Schande, denn sie bringt ein Baby mit – das Kind des Feindes. Eindringlich fragt der Roman: Wie können wir in einer Welt, die keinen Halt mehr gibt, noch lieben? Und wie dort vergeben, wo kein Verständnis zu erwarten ist?

»*Das Mädchen* erinnert uns daran, warum wir O'Brien lesen: weil sie die Wahrheiten unserer Welt mit so klarem Blick erfasst.«
The Times

Edna O'Brien, geb. 1930 in Tuamgraney / Westirland, gilt als bedeutendste Schriftstellerin ihres Landes. Bereits ihr Debüt *Die Fünfzehnjährigen (The Country Girls),* das in Irland verboten wurde, machte sie international bekannt. Seither hat sie mehr als zwanzig Romane und Erzählbände verfasst. Sie wurde mit zahlreichen Preisen ausgezeichnet, u.a. der American National Arts Gold Medal, dem Frank O'Connor Prize, 2018 dem PEN / Nabokov Award for Achievement in International Literature und 2019 dem David Cohen lifetime achievement award.

Kathrin Razum, geb. 1964, arbeitet seit 1992 als freie Literaturübersetzerin; sie lebt bei Heidelberg. Zu den von ihr übersetzten Autor*innen gehören neben Edna O'Brien u.a. Susan Sontag, V.S. Naipaul, Hilary Mantel, Dorothy Baker, Laird Hunt und Amy Bloom.

EDNA O'BRIEN

DAS MÄDCHEN

ROMAN

Aus dem Englischen
von Kathrin Razum

Hoffmann und Campe

Die Originalausgabe erschien 2019 unter dem Titel *Girl* bei Faber & Faber, London.

Die Übersetzerin dankt dem Deutschen Übersetzerfonds für die großzügige Förderung ihrer Arbeit an diesem Text.

1. Auflage 2021

www.hoffmann-und-campe.de
Umschlaggestaltung: Hannah Kolling, Kuzin & Kolling, Büro für Gestaltung, Hamburg;
nach einem Originalentwurf von Faber & Faber Ltd, London
Satz: Pinkuin Satz und Datentechnik, Berlin
Gesetzt aus der Aldus und der Lydia Condensed
Druck und Bindung: GGP Media GmbH, Pößneck
Printed in Germany
ISBN 978-3-455-01053-4

HOFFMANN UND CAMPE

Ein Unternehmen der
GANSKE VERLAGSGRUPPE

Für die Mütter und Töchter
des nordöstlichen Nigeria

Wir haben jetzt Hubschrauber, die viertausend
Schuss pro Minute abfeuern können.
Wirklich schlagkräftiges Kriegsgerät.
Es wird das Blatt wenden.

Erklärung der nigerianischen Regierung
in Reaktion auf Boko Haram

»So mit Verbänden schließ ich deine Wunden.«

Euripides, *Die Troerinnen*

Ich war einmal ein Mädchen, aber ich bin es nicht mehr. Ich rieche. Bin voller getrocknetem, verkrustetem Blut, und mein Kleid ist zerfetzt. Mein Inneres ein Morast. Eine Getriebene in diesem Wald, den ich sah, als in jener ersten schrecklichen Nacht meine Freundinnen und ich aus der Schule entführt wurden.

Das plötzliche Krachen von Schüssen in unserem Schlafsaal und maskierte Männer mit finsterem Blick, die sagen, dass sie vom Militär sind und uns beschützen sollen, weil es in der Stadt einen Aufstand gibt. Wir haben Angst, aber wir glauben ihnen. Mädchen taumelten aus ihren Betten, andere kamen von der Veranda herein, wo sie geschlafen hatten, denn es war eine schwüle Nacht.

In dem Moment, wo wir *Allahu Akbar, Allahu Akbar* hörten, wussten wir Bescheid. Sie hatten die Uniformen unserer Soldaten gestohlen, um an den Wachleuten vorbeizukommen. Sie bombardierten uns mit Fragen: *Wo ist die Jungenschule, Wo wird der Zement aufbewahrt, Wo sind die Lagerräume.* Als wir ihnen sagten, dass wir das nicht wüssten, fingen sie an zu toben. Dann kamen ein paar andere hereingerannt und sagten, sie hätten in den Schuppen weder Ersatzteile noch Benzin gefunden, was zu heftigen Diskussionen führte.

Sie konnten nicht mit leeren Händen zurückkommen, sonst würde ihr Kommandeur fuchsteufelswild werden. Mitten in das ganze Geschrei sagte einer von ihnen grinsend: »Mädchen tun's doch auch«, worauf der Befehl ertönte, mehr Lastwagen zu schicken. Eine von uns zückte ihr Handy, um ihre Mutter anrufen, aber es wurde ihr sofort aus der Hand gerissen. Sie fing an zu weinen, auch andere fingen an zu weinen und flehten darum, nach Hause zu dürfen. Eine ging auf die Knie und sagte: »Mister, Mister«, was ihn wütend machte, er verfluchte und verhöhnte uns, nannte uns Schlampen, Prostituierte, wir gehörten verheiratet und bald würden wir es auch sein.

Wir wurden in Gruppen zu je zwanzig aufgeteilt und mussten dann warten, stammelnd, aneinandergeklammert, bis sie uns befahlen, den Schlafsaal zu verlassen und nichts mitzunehmen.

Der Fahrer des Lastwagens, der vor dem Schultor stand, hatte eine Gewehrmündung am Kopf, also fuhr er wie ein willenloser Clown durch den kleinen Ort. Es war niemand auf der Straße, der hätte berichten können, dass zu nachtschlafender Zeit ein Lastwagen voller Mädchen durch den Ort gefahren war.

Bald waren wir in einem Grenzdorf, das in dichten Dschungel überging. Der Fahrer musste anhalten, und kurz nachdem sie ihn weggeführt hatten, hörten wir eine Gewehrsalve.

Andere Lastwagenfahrer sind gekommen, und es wird lautstark beraten, welche Mädchen in welches Fahrzeug sollen. Wir sind gelähmt vor Angst. Der Mond, den wir für eine Weile verloren hatten, taucht hoch oben am Himmel wieder auf, seine kalten Strahlen bescheinen dunkle Bäume, die kein Ende nehmen, weisen uns das Wesen unseres Bestimmungsorts. Er ist nicht wie der Mond, der auf den Boden unseres Schlafsaals schien, als wir wie befohlen unsere Kleider aufhoben, die Hefte, Schulranzen und persönlichen Gegenstände jedoch liegen ließen. Nur mein Tagebuch steckte ich heimlich ein, es war die letzte Verbindung zu meinem Leben.

Aber wir hatten die Hoffnung noch nicht verloren. Wir wussten, dass die Suchtrupps inzwischen losgezogen sein mussten, unsere Eltern, die Ältesten, die Lehrer, alle würden sie uns folgen. Durch die offenen Seiten des Lastwagens warfen wir Sachen hinaus, um eine Spur zu legen – einen Kamm, einen Gürtel, ein Taschentuch, Zettel mit hastig daraufgekritzelten Namen – *Sucht uns, sucht uns.*

Jetzt fahren wir in dichten Dschungel hinein, alle möglichen Arten von Bäumen, ineinander verschlungen, umfangen uns in beklemmender Umarmung. Die Natur ist hier Amok gelaufen. Der Boden ist so uneben, dass sogar die Motorradfahrer, die neben uns herfahren, damit wir nicht fliehen können, immer wieder den Halt verlieren und auf der hohen Böschung landen. Rebeka sagt zu mir: »Komm, wir springen«, aber ich zögere. Sie sagt: »Lieber sterben als in der Gewalt dieser Männer sein.« Sie hat zu Gott gebetet, seit wir die Schule verlassen haben, und Gott hat ihr gesagt, dass diese Männer böse sind und wir fliehen müssen. Sekunden verstreichen, und ich sehe es noch vor mir wie eine Fata Morgana, diese Lücke zwischen zwei Lastwagen, und Rebeka, die nach einem hervorstehenden Ast greift, sich hinunterschwingt und dann fallen lässt. Ich dachte, irgendwo da unten auf dem Boden liegt sie, tot, oder auch nicht tot. Aber meine Nerven spielten nicht mit, außerdem brüllte im selben Moment einer der Anführer: »Wer springt, wird erschossen.« Sie nahmen wohl an, dass Rebeka tot war.

Die Lastwagen fahren schlingernd weiter, und wir werden hin und her geworfen. Aisha, die einen Moment lang gedöst hat, schreckt auf und ruft den Namen ihrer Mutter. Aus einem Traum gerissen, fängt sie an zu weinen. Jemand legt ihr die Hand über den Mund, damit wir nicht alle geschlagen werden. Wir haben furchtbare Angst. Es ist nichts mehr da, was wir noch hinauswerfen könnten. Wir sind so weit gefahren, dass man uns nicht mehr finden wird.

Jetzt gibt es nur noch Babby und mich. Sie schreit aus der Tiefe ihres leeren Magens, heisere, wilde Schreie, und ich sage zu ihr: »Du hast keinen Namen und keinen Vater.« Ich blaffe sie an. Manchmal möchte ich sie umbringen. Meine Brüste sind nicht größer als Eierbecher, und sie zerrt an den Brustwarzen, als wollte sie mich auch umbringen. Wir suchen nach einer Quelle, denn das Wasser in den Gräben ist braun und schlammig. Es schmeckt faulig. Wir trinken das klare Wasser, das sich in den Einbuchtungen der großen Felsen gesammelt hat. Ich schöpfe es mit gewölbten Händen, und sie schlabbert es auf, schluckt gierig, als müsste sie gleich ersticken. Das sind unsere Gnadenmomente, frisches Wasser, eine vorübergehende Erlösung von Durst und Hoffnungslosigkeit. Ich habe keine Ahnung, welcher Tag es ist, welcher Monat, welches Jahr. Ich weiß bloß, dass die Luft von Sand durchsetzt ist, Sand, der aus dem Sahel herweht, in den Augen sticht und uns fast blind macht.

Wo keine Bäume stehen, ist die Erde ockergelb, von tiefen, zickzackförmigen Furchen durchzogen, was für ein Anblick, und an den Zweigspitzen sprießen die jungen, noch eingerollten Blätter. Wenn ich nachts wach liege, sehe ich den Himmel. Einen unendlich weiten, violetten Himmel – ein Land der Schönheit, zu einem Ort des Leids geworden. So viele tote Mädchen. Die Bäume rauschen traurig.

Ich lege Babby hin, bette ihren Kopf auf eine kleine Erhebung im Gras. Nur in diesen Momenten schläft sie. Ich wache immer wieder auf, aus Angst vor all dem, was uns zustoßen könnte. Manchmal erwache ich mit feuchten Lidern aus einem Traum, dem Traum von einer Person, die ich einmal gekannt oder sogar geliebt haben muss. Aber es ist nicht die richtige Zeit für Erinnerungen oder Pathos. Manchmal höre ich in der Ferne Hunde bellen. Ich bin seit Tagen keiner Menschenseele mehr begegnet, und ich habe Angst, dass eine Begegnung bedeuten wird, dass wir zu einem furchtbaren, blutigen Ende zurückgeschleift werden.

Es gelingt mir nicht mehr, in meiner alten Sprache zu beten, denn sie haben uns mit ihren Gebeten, ihren Erlassen, ihrer Ideologie, ihrem Hass, ihrer Frömmigkeit überrollt.

Es war ein großer, matschiger Hof voll Gerümpel. Eimer, Schaufeln, Kisten, Schubkarren, Pflastersteine, Zement und Motorräder. Der Sand vom Regen schmutzig gelb. Das stetige Summen von Generatoren war zu hören.

Jenseits der hohen, von Stacheldrahtrollen gekrönten Lehmwälle der endlose Wald. Er war dunkel und unheimlich, eine Unmenge von Bäumen, die weitere Bäume hervorbrachten, weiteres Dunkel, endgültige Verbannung. Die kleine Moschee hatte ein Minarett aus glänzendem Aluminium, und an einem Mast daneben flatterte eine schwarze Fahne. Akra, ein Mädchen aus der Klasse über mir, kam aus dem Schlafsaal, wo wir festgehalten wurden, stand ganz still da und nahm diese trostlose Umgebung in sich auf. Es waren nur fünfzehn Mädchen von unserer Schule hier. Die übrigen hatte man in andere Lager im Dschungel gebracht. Uns hatten sie in einen Schlafsaal gestoßen, in dem schon andere Mädchen schliefen, dort hatten wir uns aneinandergeschmiegt.

Ein großer Baum in der Mitte des Hofs, von dessen Stamm ein kräftiger Seitenast abging, beherrschte das Gelände. Sein nasses Braun hatte einen grünlichen Einschlag, und ich fragte mich, ob unser Baum zu Hause den gleichen grünlich-feuchten Farbton hatte. Noch wusste ich es nicht, aber dieser Baum war unser künftiges Schulhaus. Fünfmal am Tag würden wir unter ihm stehen, sitzen und knien, um zu beten. Man würde uns zwingen, Suren in einer Sprache auswendig zu lernen, die uns fremd war, und einen Gott zu verehren, der nicht unserer war. Ab und zu würde man uns als Gruppe fotografieren, mit unserer tristen Kleidung und unseren stumpfen Mienen, und die Bilder zurückschicken, damit unsere verzweifelten Eltern unter den vielen Gesichtern, die jetzt alle gleich und bemitleidenswert aussahen, nach dem ihrer Tochter suchen konnten.

Aus den Rundhütten kamen jetzt Männer und eilten zur Moschee. Sie waren unterschiedlich gekleidet, einige trugen Jeans und T-Shirts, andere weite Gewänder, wieder andere Armeejacken. Im Vorbeilaufen begutachteten einige von ihnen mit abschätzendem Blick unsere Reize.

Während das monotone Gemurmel des Gebets zu uns herausdrang, kam ein junges Mädchen durch den Hof getaumelt und blieb vor uns stehen. An ihrer Unterlippe saß ein dicker Bausch Mull, aus dem Blut sickerte. Sie konnte nicht sprechen, obwohl sie es wollte. Sie deutete immer wieder auf ihren Mund, und schließlich gelang es ihr, ihn zu öffnen. Sie hatte keine Zunge mehr. Was für ein Verbrechen hatte sie begangen.

Während wir dort standen, kam eine Frau mit grünen Gummistiefeln auf uns zu, einen Dornenast in der Hand. Die Dornen waren so rot wie Beeren und spitz wie Nägel. Wir wurden in den Schlafsaal zurückgeschickt. So begann unsere Initiation.

Wir bekamen alle einheitliche Kleidung, die genauso aussah wie die der Mädchen, die schon länger hier waren. Man befahl uns, die Kleider sofort anzuziehen. Sie waren von einem düsteren Blau mit einem noch dunkleren Hijab, und ich konnte mich zwar nicht selbst sehen, denn Spiegel gab es nicht, aber ich sah meine Freundinnen, verwandelt, plötzlich alt, wie trauernde Nonnen. Ich sah Teresa und Fatim, Regina, Aida und Kiki, alle zum Schweigen gebracht, ihre Tränen unterdrückend. Wir wurden angewiesen, unsere alten Kleider aufzuheben und nichts, gar nichts, zurückzubehalten. In dem Durcheinander gelang es mir, mein kleines Notizbuch zu verstecken. Es war ein winziges Büchlein, eher für Zahlen als für Buchstaben gedacht, aber ich zwängte Wörter in jedes der kleinen Karos. Ich hortete sie. Sie waren jetzt meine einzigen Freunde. Ich hatte das Notizbuch für meinen Aufsatz über die Natur gewonnen, zusammen mit einem parfümierten Bogen Papier. Auf den Rändern des Bogens stand *Woods of Windsor.* Ich hatte keine Ahnung, wo Windsor lag.

Unsere Kleider wurden auf einen Haufen geworfen, und kaum hatte sie etwas Diesel daraufgegossen und ein Streichholz angerissen, schossen die Flammen hoch in die milchige Morgendämmerung. Unsere weißen Blusen, unsere Schuluniformen und unsere Kopftücher verwandelten sich rasch in gewichtslose graue Ascheflocken, die einen Moment lang in der Luft schwebten und dann nach oben getragen wurden, um durch die Zwischenräume in den Stacheldrahtrollen ihren Weg hinaus zu finden. Ich folgte ihnen im Geiste und dachte töricht, dass die Ascheflocken unsere Boten sein würden. Sie würden zu unserer Schule schweben, wo noch Rauch über dem nur mehr schwelenden Feuer hing, das die Milizionäre gelegt hatten, bevor wir abfuhren. Ich stellte mir alle möglichen törichten Dinge vor. Ich hatte nicht geschlafen. Der Gestank der Schuhe hing in der Luft, sie verbrannten nicht so schnell. Der Geruch erinnerte an die Häute der Tiere, die in den Schlachthäusern neben den Märkten zum Trocknen aufgehängt waren – Schweine, Kälber, Ziegen, Schafe.

Dann wurden wir in den Hof geführt und mussten uns unter den großen Baum setzen. Wasser platschte von den Ästen, und der Boden war nass. Andere Mädchen, die schon länger hier waren, warteten bereits, einige mit gefalteten Händen, entrückt.

Drei Männer steigen aus einem cremefarbenen Jeep. Zwei sind maskiert und gehen hinter dem dritten her, dem obersten Emir. Er hält einen heiligen Text in der Hand. Alle drei sind bewaffnet. Als der Emir näher kommt, streckt er eine Hand weit aus, und es ist, als würde er die ganze Welt an sich reißen.

Mädchen, die ihn schon einmal gesehen haben, blicken mit scheuer Bewunderung und neuerlichem Staunen zu ihm auf. Einige strecken die Hände aus, um sich wenigstens vorzustellen, dass sie den Stoff seiner Jacke berühren. Sie verehren ihn. Er geht zwischen uns herum, erkennt die neuen Gesichter, sein Blick so wachsam, als sähe er in unsere Köpfe, unsere gequälten Herzen.

»Die Krankheit ist Unwissenheit.« Drei Mal sagte er das. Ich sah ihn nicht an, weil er so grimmig war. Dann hieß er uns als die werdenden Töchter Allahs willkommen und sagte, wir müssten Allah für das Wunder danken, gerettet worden zu sein. Noch würden wir uns vielleicht fremd fühlen, aber sehr bald werde es uns wie Schuppen von den Augen fallen.

Dann machte er die Menschen nieder, denen man uns entrissen hatte. Ungläubige. Diebe. Unser Präsident, unsere Vizepräsidenten, unsere Gouverneure, unsere Polizei, alle korrupt. Sie seien Sultane der Banken, schöpften Reichtum ab, säßen in ihren großen Villen auf ihren goldenen Thronen und sähen sich auf ihren riesigen Fernsehbildschirmen westliche Filme an. Ihre fetten Frauen hätten so viel Geld angesammelt, so viel Gold, so viele Perlen, dass sie zusätzliche Häuser bauen müssten, um diese Schätze aufzubewahren. Selbst die Muslime unter diesen Leuten seien infiziert, in den Pesthauch der Korruption geraten. Wir würden bald begreifen, dass die Erziehung, die wir erhalten hatten, vollkommen falsch sei, so wie auch die Universitätsausbildung, die wir anstrebten, vollkommen falsch sei. Sie dürfe nicht sein.

Dann wies er uns an, auf die vergangenen achtundvierzig Stunden zurückzublicken und die bereits bewirkte Verwandlung zu bestaunen. Es war wieder, als schaute er in unsere Köpfe, und er drohte, wir sollten ja nicht wagen, ihm zu widersprechen. »Als unser Trupp vor zwei Nächten in eure Schule eingedrungen ist, waren eure Soldaten abgezogen, weil sie wussten, dass wir kamen. Könnt ihr diesen Menschen trauen? Könnt ihr Menschen trauen, die dafür bezahlt werden, euch zu bewachen? Wenn ihr wirklich ehrlich seid, muss eure Antwort ›Nein‹ lauten. Sie hätten einen Gegenangriff unternehmen können, aber das haben sie nicht getan. Sie haben zu viel Angst vor uns. Sie wissen, dass sie den Sambisa-Wald niemals betreten werden. Sie werden euch niemals finden. Sie wissen, dass wir euch auf Allahs Wunsch hierhergeholt haben. Während ihr eure Bücher zusammengesucht und Schultaschen gepackt habt, um zu der Schule zu fahren, wo ihr eure Prüfungen ablegen wolltet, hat Allah euch beobachtet – das war alles vorherbestimmt. Wo waren eure Pfarrer, wo waren eure Betreuer, wo waren eure Lehrer? So ist es immer gewesen. Als der Prophet Mohammed aus Medina verjagt wurde, schauten seine ehemaligen Anhänger weg. Feiglinge. Ungläubige. Eure Eltern denken vielleicht, sie hätten euch geliebt und gut behandelt, aber sie sind blind, geblendet. Unwissenheit ist die Krankheit. Es gibt keinen Gott außer Allah. Bittet um Vergebung für die Sünden eurer Eltern, und Allah wird wissen, ob ihr es in ehrlicher Absicht tut. Vergesst nicht, dass ihr in ein neues Leben wiedergeboren worden seid. Auch wenn ihr glaubt, dass ihr eure Familie liebt, und im Herzen ein Versprechen abgelegt habt, müsst ihr es jetzt aufkündigen, ihr müsst es tilgen. Für eine kleine Weile werdet ihr Mädchentränen vergießen, aber sie werden bald versiegen, und ihr werdet wie Vögel zu den Feldern des Paradieses fliegen. Dort erwarten euch Engel, der Engel Gabriel, der Engel Azrael, der Engel Michael. O ja, unsere irdische Technologie und Kommunikation hat uns geholfen, aber Allah hat uns über alles unterrichtet, selbst über die kleinen Tratschereien in eurem Schlafsaal. Ich spreche jede von euch direkt an. Wendet euch dem Koran zu, wendet euch dem Hadith des Propheten Mohammed zu, wo immer ihr seid, wendet euch Allah zu. Sonst müssen wir euch dazu zwingen, und wir schrecken vor Bestrafungen nicht zurück. Unterdessen geht fröhlich eurem Tagwerk nach, lernt die Suren auswendig, seid wie duftende Blumen, im Wissen darum, dass ihr in die riesige, unbesiegbare Armee Allahs aufgenommen werdet. Ihr seid Kriegerinnen. Dieses Land namens Nigeria muss von Ungläubigen jeglicher Art befreit werden. Ihr werdet in diesem Kampf euren Beitrag leisten. Und ihr werdet stolz darauf sein. Selbst wenn ihr in der Schlacht fallt: Denkt daran, dass der Tod eines Gläubigen etwas Wunderbares ist. Man wird euch im Paradies den roten Teppich ausrollen. Und jetzt komme ich zum Allerwichtigsten: Wendet euch nicht ab. Habt keine Angst. Wir müssen den Kampf in die Kasernen der Schweine und Ratten und Ungläubigen tragen, die auch eure eigenen Leute sind, eure Sippe, eure Eltern. Reißt den Ungläubigen das Herz aus der Brust. Eliminiert sie. Schneidet ihnen die Kehle durch. Sagt ihnen, wenn sie euch zurückhaben wollen, müssen sie uns unsere toten Brüder wiederbringen.«

Bevor man ihn wieder fortgeleitete, blickte er zum Himmel auf, zu einem imaginären Geschwader lauernder Feinde – »Denkt nicht, ihr könntet mit euren Kampfflugzeugen gegen uns ankommen. Der Allah, den wir verehren, lebt über euren Jets, er harrt des passenden Moments, um euch zu vernichten.«

In meinem Kopf wurde es schwarz. Solche Macht, solche Unangreifbarkeit hätte ich nie für möglich gehalten. Eimer und Kisten flogen durch den Hof, und der Himmel teilte sich. Ich sah zwei Götter, die Stäbe in den Händen hielten, oder vielleicht waren es auch Gewehre, und einander trotzten.

Der Boden, auf dem ich kniete, war übersät von herausgerissenen Herzen, und überall lagen durchgeschnittene

Kehlen herum, aus denen Blut sprudelte, ein nicht versiegender Strom. Ich rannte zwischen den aufgehäuften Überresten umher, bis ich meine Eltern und meinen Bruder gefunden hatte. Ich küsste sie, und sie vergaben mir, obwohl sie tot waren. Ich war zu traurig, um zu weinen.

Einige meiner Freundinnen kamen, um zu fragen, was mit mir los sei. Ich konnte nicht antworten. Mein letztes bisschen klarer Verstand war dahin. Hätten wir Messer gehabt, wir hätten unsere eigenen Kehlen durchgeschnitten.

»Mach dir keine Sorgen … Unsere Eltern werden uns finden«, sagte Aisha zu mir, aber sie war noch nicht auf dem Feld der Toten gewesen.

Drei Mädchen wurden auf die Seite gewinkt und blieben verwirrt dort stehen, während wir übrigen von ein paar Frauen durch den Hof zu den Hütten geführt wurden, wo uns die nächste Strafe erwartete.

Es war, wie wenn Rinder zusammengetrieben werden. Wir mussten hinausgehen und uns unter den großen Baum stellen, zitternd, stumm. Wir waren mittlerweile voneinander getrennt. Ich wohnte in einer Hütte, bei der Frau eines der Anführer, einer zänkischen Person, die mich mehrmals pro Nacht weckte und zwang, Gebete und Verse zu wiederholen, die sie mich tagsüber gelehrt hatte.

Als ich herauskam und meine Freundinnen sah, genauso benommen wie ich, die Gesichter vom Weinen schwammig und verzerrt, dachte ich, jetzt bin ich mit meinen Freundinnen zusammen, so schlimm wird es nicht werden.

Sehr bald begannen sich Männer zu versammeln. Sie waren jung und lebhaft. Sie trugen Jeans und bunte T-Shirts. Es war klar, dass irgendetwas geschehen würde, das mit uns zu tun hatte, also klammerten wir uns aneinander. Zwei Männer schoben einen Tisch auf Rollen heraus und platzierten ihn in der Mitte des Hofs, und ein dritter Mann stellte einen weißen Eimer darunter. Es dauerte nur Sekunden, aber wir ahnten, was kommen würde. Das erste Mädchen, Faith, musste sich auf den

Tisch legen, und zwei Männer spreizten ihr die Beine auseinander. Die anderen jubelten und johlten. Als sie anfing zu schreien, presste ihr jemand die Hand auf den Mund, und der erste der jungen Männer machte sie sich zu Willen. Nach ihm folgten die anderen. Bei dem zweiten Mädchen war es genauso. Ich war die Dritte. Während ich mich auf den Tisch legte, blickte ich hoch und sah ein paar Sterne am Himmel, taumelnd, weit voneinander entfernt. Es war noch nicht dunkel. Mir war, als würde auf mich eingestochen, wieder und wieder, und dann ein wilder Schrei, als er ganz in mich eingedrungen war. Ich sagte meinen Eltern und allen, die ich kannte, Lebewohl.

Als ich aufstand, war ich benebelt. Dicke Blutstropfen fielen in den Eimer. Wir mussten zusehen, wie weitere Mädchen an die Reihe kamen. Der Tisch knarrte, die Männer wurden noch erregter und triumphaler.

Als alles vorbei war, wankten wir zurück, wund, verstört. Wir konnten nicht sprechen. Wir waren zu jung, um zu wissen, was geschehen war oder wie wir es nennen sollten. Fatim erinnerte sich, dass es in ihrer ersten Schule eine Puppe gegeben hatte, an der die Mädchen herumgestochert hatten, und ein Mädchen hatte sich mit einer Schere an dem Stoffzwickel zu schaffen gemacht und gesagt, Dolly bräuchte jetzt ihre Operation. Wir hatten unsere Operation gehabt. Sie hatten uns entjungfert. Es war jetzt dunkel, und die Sterne prassten am Himmel.

Die Frau führte mich zum Kochhaus. Hier würde ich arbeiten. Es roch nach Geschlachtetem. Draußen an den Bäumen hingen große Stücke Wildfleisch, an denen sich Schwärme von Fliegen zu schaffen machten. Ich musste für die ganze Einheit kochen. Die Kommandeure sollten die größten Portionen erhalten, dann kamen die Leutnants, und die Rekruten mussten mit einer Art Eintopf vorliebnehmen, kleinen Fleischstücken mit Perlhirse oder Sorghum. Wenn nicht genug Fleisch da war, brachte man mir Streifen von Tierhaut zum Braten. Das Brutzeln und Zischen von Fett und Fleischsaft machte die Männer wild vor Ungeduld. Die drei Hunde, die tagsüber eingesperrt waren, heulten und warfen sich gegen die verzinkte Tür.

Morgens gab es einen Getreidebrei, den sie aus einem Trog auf einem großen Tisch aßen. Abends wurde der Elite das Essen in ihren Unterkünften serviert, die niederen Ränge aßen wieder an dem großen Tisch. Ich durfte nicht servieren. Ehefrauen trugen die Gerichte vom Kochhaus zu den Hütten. Falls einer der Männer aus irgendeinem Grund ins Kochhaus kommen musste, hatte ich den Blick abzuwenden.

John-John war der einzige Junge, den ich treffen durfte, wahrscheinlich weil er noch so jung war. Er war vielleicht zehn oder elf. In kurzer Hose und einem Blazer mit Messingknöpfen, beides viel zu groß für ihn, fuhr er auf einem Fahrrad herum. Wenn er zum Arbeiten kam, krempelte er die Ärmel hoch, und er sang. Er sang mit einer Mädchenstimme. Es gab Fleisch aller Art, auch von Vögeln, Fledermäusen, Eidechsen, die Augen der Vögel starrten uns glasig an, und die wilden Fledermäuse hatten ihre breiten Flügel ausgestreckt, als ob sie sich noch im Tod an ihre nächtlichen Flüge erinnerten.

Wir hackten das Fleisch in Stücke und schabten mit einem anderen Messer die toten Insekten und Maden ab, die daran hafteten. Die Vögel füllten wir mit Blättern, um den unangenehmen Geruch zu überdecken. Er wusste, was es war – Gelbwurz, Wacholder, Baobab.

Ich verstand den Text von John-Johns Lied nicht, aber ich nahm an, dass es ein Kirchenlied war. Er lebte mit vier anderen Jungen in einer Art Höhle, fuhr mit seinem Fahrrad zu den verschiedenen Lagern und lieferte Vorräte aus. Später half er mir dann, die großen Töpfe zu den Feuern zu tragen, die wir im Hof angezündet hatten. Sie hingen an Ketten von hölzernen Gestellen, und der faulige Geruch von kochendem Fleisch erfüllte die ganze Umgebung. Nach einer Weile bekam ich den Schlüssel zum Vorratsraum, und so konnte ich, ohne dass die Ehefrauen davon erfuhren, ab und zu etwas für John-John und mich zu essen stibitzen. Gebackene Kartoffelschalen mochte er am liebsten, besonders mit gerösteten Zwiebeln. Wir aßen draußen, wo die Wachleute selten patrouillierten, weil sie sich vor Ratten fürchteten.

O mein Gott
O mein Gott
O mein Gott
Dir gebührt unser Lob

Schließlich erfuhr ich, wie er in Gefangenschaft geraten war:

Sie kommen. Sie kommen. Sie haben unser Dorf umzingelt, und wir hatten schreckliche Angst. Meine Schwester, meine Mutter und ich. Und eine Menge anderer Frauen und Mädchen, die alle weinten, so wie wir, wir sind um unser Leben gerannt. Die Dschihadisten umzingelten unser Dorf, also mussten wir fliehen. Mein Vater war nicht bei uns. Er war auf unserem kleinen Hof, und wir wussten nicht, ob sie ihn gefangen genommen hatten. Wir sind weggelaufen. Die anderen Frauen, die mit uns flohen, wollten mich nicht dabeihaben, weil ich ein Junge bin und sie wussten, dass die Dschihadisten auf die Jungs aus sind, um sie zu Soldaten zu machen. Noch während wir flüchten, haben wir die ganze Zeit Angst, dass sie uns bis tief in den Wald verfolgen werden. Als wir ewig gerannt und völlig außer Atem sind, lassen wir uns fallen, einer auf den anderen. Alle weinen. Meine Mutter bittet eine Frau, ihr ein Kleid aus ihrem Bündel zu geben, damit sie mich als Mädchen verkleiden kann. Die Frau sagt nein. Es ist ihr bestes Kleid. Mama bittet und bettelt, und irgendwann schließen sich ihr die anderen Frauen an und sagen, es geht hier darum, ein Leben zu retten, das Leben eines Kindes. Es gibt Streit. Dann zieht eine der Frauen das Kleid einfach aus dem Bündel, und sie und die Besitzerin geraten sich in die Haare, ganz gewaltig, bis die anderen das Kleid schließlich an sich nehmen.

Meine Mutter geht mit mir hinter einen Baum, zieht mir die kurze Hose aus und das Kleid an und bindet mir ein blaues Tuch um den Kopf. Alle gucken mich in meiner Mädchenkleidung an, und obwohl die anderen Kinder niedergeschlagen sind, müssen sie lachen, als sie mich sehen, und machen sich über mich lustig. Bald wird es Nacht, wir legen uns hin, wo es halt geht, und ich schlafe in dem blauen Kleid. Es ist kalt in der Nacht. Wir wachen sehr früh auf, und meine Schwester ist weg. Sie ist nirgends zu finden. Meine Mutter geht von einer Gruppe zur anderen und fragt, ob jemand sie gesehen hat, aber niemand weiß etwas, und dann läuft sie überall herum und schreit und ruft. Die Anführerin unserer Gruppe sagt, dass es besser ist, wenn wir weitergehen, denn inzwischen wissen die Milizionäre bestimmt, wo wir sind, und sind unterwegs, um uns zu töten. Meine Mutter ruft die ganze Zeit den Namen meiner Schwester, »Umi, Umi, Umi«, als würde meine Schwester dadurch wieder aus dem Nichts auftauchen. Gegen ihren Willen ziehen wir also weiter, und ich spüre ihren Kummer in meinem eigenen Körper, denn sie hat mich auf den Rücken genommen. Sie kann mich kaum halten.

Wir kommen zu einem Dorf, und dort steht ein strohgedecktes Haus, in das sich alle drängen, um Schutz vor der Sonne zu finden. Meine Mutter setzt mich ab und bittet eine andere Frau, auf mich aufzupassen, denn sie muss ihr kleines Mädchen finden, selbst wenn es nur sein Leichnam ist. Ich sehe ihr nach, als sie zu dem Berg zurückeilt. Wir warten also dort, und ein paar Leute geben uns Yamswurzeln von ihrem Acker. Wir essen sie roh. Alle sind sehr still und haben große Angst, und keiner sagt etwas, weil wir nicht wissen, wie es weitergehen soll. Verschiedene Gerüchte werden flüsternd weitergegeben. Nach einer Nacht, einem Tag und fast einer ganzen weiteren Nacht kommt meine Mutter mit meiner Schwester auf dem Rücken zurück, und als meine Mutter sie absetzt, sagt meine Schwester: »Maama«, denn die Zeit allein auf dem Berg hat ihr schreckliche Angst gemacht. Meine Mutter ist so müde von der Suche und dem anstrengenden Fußmarsch, dass sie mitten im Reden einschläft. »Warum bist du weggelaufen?« Ich bin wütend auf meine Schwester, weil sie mir meine Mutter weggenommen hat. Sie sagt, dass sie es selbst nicht weiß. Andere seien einen Hang hochgelaufen, und sie sei ihnen gefolgt, weil sie dachte, wir würden nachkommen. Dann zerstreute sich die Gruppe. Einige gingen schneller als andere, und sie wollte sich ein bisschen ausruhen und dann am Berg zu ihnen aufschließen, um noch vor Tagesanbruch über die Grenze zu kommen. Als meine Mutter sie fand, war sie ganz allein und schlief, die Kleider nass vom Tau.

Wir blieben in dem strohgedeckten Haus, und es kamen immer mehr umherirrende Menschen. Es war furchtbar stickig. Dann machte sich meine Mutter auf die Suche nach jemandem, der ein Motorrad hatte. Bevor sie ging, löste sie den Knoten am Ende ihres Wickelrocks, wo sie das bisschen Geld aufbewahrte, das sie gespart hatte. Es stammte von den Bohnen, die wir gepflanzt und dann auf dem Markt verkauft hatten. Sie nahm gerade genug mit, um das Motorrad bezahlen zu können, denn sie wusste, dass der Fahrer alles würde haben wollen. Die restlichen Naira heftete sie innen an mein Unterhemd.

Wir fuhren zu dritt auf dem Motorrad mit, meine Schwester, meine Mutter und ich, unten an dem Berg entlang, auf dem meine Schwester fast gestorben wäre. Das Motorrad fuhr Zickzacklinien, meine Schwester kreischte, und meine Mutter hielt uns fest, so gut sie nur konnte. Als wir einen Hang hinuntergefahren waren und auf eine Ebene kamen, sahen wir Männer, die Nahrungsmittel und Wasser auf Lastwagen luden. Meine Mutter ging vor ihnen auf die Knie und bat um etwas zu essen für die Kinder. Sie konnten unsere Mägen knurren hören. Meine Mutter hoffte, wir könnten es wieder zu unserem Dorf zurück schaffen, denn dort würden ein paar Leute sein, vielleicht wäre inzwischen auch unser Vater wieder da. Die Männer an den Lastwagen gaben uns eine Flasche Orangensaft. Wir tranken abwechselnd. Nur ganz wenig, denn wir wollten nicht gierig sein. Die Männer sagten, die Milizionäre seien weitergezogen, deshalb beschloss meine Mutter, zuerst zu unserem kleinen Hof zu fahren und zu schauen, ob noch etwas von unserer Ernte übrig war. Unterwegs wollte sie meine Schwester bei unserer Großmutter absetzen, die sich seit Wochen bei Verwandten versteckte. Die Verwandten wollten meine Schwester nicht nehmen. Aber als sie die traurige Geschichte hörten, wie sie fast auf dem Berg gestorben wäre, bekamen sie Mitleid und ließen sie herein. Meine

Mutter und ich fuhren weiter bis zu einer Stelle nicht weit von unserem Hof, dort bezahlte sie den Motorradfahrer, und wir gingen den gewundenen Pfad den Hügel hinauf. Unsere Felder waren nicht geplündert worden, im Gegensatz zu vielen anderen ringsum. Also pflückten wir alle Bohnen und packten sie in Säcke, die wir mitgebracht hatten. Jetzt hatten wir etwas zu verkaufen. Wir machten uns auf den Weg zurück ins Dorf. Unterwegs hielt uns ein Mann an. Zuerst dachten wir, es sei einer von der Sekte, aber dann sprach er ein Gebet, das wir kannten, und wir fühlten uns sicher. Es war ein großer Mann mit scharfen Augen. »Sind die Bohnen da zu verkaufen?«, fragte er. »Ein Teil davon schon«, antwortete meine Mutter. »Wie viel?« – »Fünftausend Naira«, sagte meine Mutter, und ich mischte mich ein und sagte: »Sechstausend«, und dann standen wir da auf diesem felsigen Grat und handelten und handelten, sodass der Preis in die Höhe ging und schließlich von fünftausend auf siebentausend gestiegen war.

Nachdem wir uns ein paar Tage bei meiner Großmutter und den Verwandten ausgeruht und ihnen etwas von unseren Bohnen abgegeben hatten, beschloss meine Mutter, dass wir unseren Vater finden müssten. Wir mussten wieder eine Familie werden. Also gingen wir los, Mama mit meiner Schwester auf dem Rücken, die sich an sie klammerte und »Maama-ma« sagte, damit sie nicht wieder verlorenging. In einem Dorf fragten wir bei einem Polizisten nach, der sagte, mein Vater sei nicht tot. Er habe gehört, dass mein Vater zu unserem Haus zurückgekehrt sei und in dem Teil des Gebäudes wohne, der nicht völlig niedergebrannt war.

Mein Vater traute seinen Augen nicht, als wir in unsere halb abgebrannte Küche traten. Er war in Hemdsärmeln. Er drückt uns alle zusammen an sich, ist sich nicht sicher, ob wir lebendig oder tot sind. Er fragt Gott, ob er gerade träumt.

Meine Mutter und er setzen sich auf den Boden und zählen ihr ganzes Geld. Sie beschließen, in ein paar Tagen noch mal zu ihrem Hof zu gehen und die restliche Ernte einzuholen. Meine Schwester bringen sie in die Kirche, wo der Pfarrer Menschen aufgenommen hat, sie sind alle in einen Raum gezwängt und schlafen auf dem Boden. Meine Eltern machen sich auf den Weg zu ihrem Hof, und ich bin allein. Der Plan ist eigentlich, dass ich zu einem Nachbarn in einem nahen Dorf gehen soll. Aber ich sage mir, wenn meine Eltern beschlossen haben, die ganze Nacht auf dem Hof zu bleiben, um die Ernte zu bewachen, dann gehe ich nicht zu einem Nachbarn, sondern bewache unser Haus. Und dann am Abend passiert es. Keine Motorräder. Nur ein Junge, der draußen vor dem Fenster steht und zu mir hereinschaut, und da weiß ich Bescheid. Er hatte sich ihnen angeschlossen. Er hat mich an den Haaren gepackt, aus dem Haus und dann ein Stück die Straße entlanggeschleift, zu einem Laster, in den schon andere Jungen gepfercht waren. Wir fahren immer tiefer in den Wald hinein, auf einen Berg zu, und einer der Jungen sagt zu mir: »Siehst du diesen Berg da, der ist in der Nähe von Pulka.«

Der Lastwagen hält unter Bäumen, und sie holen uns raus und führen uns ein Stück weg, wo wir schlafen sollen. Der Boden ist hart und höckerig. Unsere

Bewacher legen sich auch schlafen, die Gewehre griffbereit neben sich. Als sie fest eingeschlafen sind und schnarchen, flüstern wir:

O mein Gott
O mein Gott
O mein Gott
Dir gebührt unser Lob

Einer der Jungen glaubt, dass wir nicht mehr weit von Pulka sein können. Mehr weiß er auch nicht. Wir haben mitgehört, wie einer der Männer, die uns gefangen halten, am Telefon gesagt hat, sie würden die nächsten vier Tage nicht weiterfahren wegen irgendwelcher Sicherheitsbedenken. In der dritten Nacht werden wir fliehen. Wir müssen uns ganz sacht bewegen. Wir dürfen nicht rennen. Keiner darf irgendwelche Geräusche machen. Mit Gottes Gnade werden wir es schaffen. Der Junge sagt, dass wir unterwegs keinen Schlangen oder wilden Tieren begegnen werden, denn ein anderer Junge hat gehört, dass die wilden Tiere wegen Schießereien und Bombenexplosionen aus dem Wald geflohen sind. Tagsüber, wenn wir für sie arbeiten müssen, wenn wir Feuerholz sammeln, ihre Motorräder und ihre Waffen putzen, beobachten sie uns, aber sie wissen nicht, dass wir insgeheim beten. Sie geben uns einmal am Tag eine Schüssel Grütze. Wir essen sie mit der Hand. Sie ist mit Wasser zubereitet. Anders als bei meiner Mutter, die sie mit Milch zubereitet. Die Grütze macht uns nicht satt, aber wir haben Gottes Gnade, und wir sind drei Freunde, die zusammen über den Berg nach Pulka gehen werden. Wir kennen niemanden in Pulka, aber wir werden herumfragen, und irgendjemand wird uns helfen. Wir werden unsere Mütter und Väter finden, in dem notdürftigen Zuhause, das sie sich geschaffen haben. In Pulka wird es einen Pfarrer in einer Kirche geben, und er wird Kontakt zu den verschiedensten Leuten haben. Wenn sie ihre Gebete verrichten und nicht auf uns achten, singen wir das Lied vor uns hin.

O mein Gott
O mein Gott
O mein Gott
Dir gebührt unser Lob

Es macht uns Mut. Wenn sie schlafen, üben wir zu kriechen und denken daran, dass wir im Dunkeln nicht über sie steigen dürfen. Sie dürfen uns nicht weglaufen hören, sonst knallen sie uns ab. Wir tun so, als wären wir Schlangen, die über den Erdboden kriechen. Einer der Jungen erzählt, dass er mal Schlange gegessen hat, er und seine Familie haben eine Schlange gegessen, der sein Vater den Kopf abgeschnitten hatte. Der Vater hat sich an der Schlangenwelt gerächt, denn er war mal gebissen worden, und wenn man ihn nicht zur Krankenstation gebracht hätte, wo es ein Gegengift gab, wäre er gestorben. Also brieten sie die Schlange und aßen sie. Sie schmeckte nicht schlecht.

Wir hatten Essen dabei. Wir versteckten uns zwei Tage und zwei Nächte lang, denn wir wussten, dass sie uns suchen würden. Am dritten Tag nahmen wir all unseren Mut zusammen und gingen zur Straße, blieben aber noch in Deckung. Wir waren schön sauber, denn wir hatten einen Bach gefunden, in dem wir gebadet hatten. Daraus getrunken hatten wir auch. Ein Lastwagen kam mit voller Geschwindigkeit um die Kurve, und unser Anführer stürmte los, um ihn anzuhalten. Der Laster war mit lebenden Hühnern beladen. Es knirschte ohrenbetäubend, als er anhielt, und die Hühner schrien. Zwei Männer saßen im Wagen. Wir baten sie, uns zu helfen. Wir erzählten ihnen unsere Geschichte, aber sie glaubten uns nicht. Sie stiegen aus und sagten, wir sollten uns ausziehen. Sie sagten, wir könnten ja Selbstmordattentäter sein, und sosehr wir auch protestierten und unsere Unschuld beteuerten, wir mussten es tun. Es war nicht schön, nackt dazustehen und von erwachsenen Männern betrachtet zu werden. Schließlich durften wir uns wieder anziehen, und sie steckten uns zu den Hühnern, die wild herumflatterten.

Es war ein Tag der heiligen Versammlung in einer großen Kirche. Wir konnten den Gesang schon aus der Ferne hören. Die Prophezeiungen des Messias wurden erfüllt. Die Männer setzten uns dort ab, und die Leute in der Kirche ließen uns ein. Von dem Gesang und der Predigt musste ich weinen, denn das alles erinnerte mich an die Sonntage in der Kirche zu Hause und an meine Mutter und all die Frauen in ihren Blumenkleidern. Danach wurden wir zu einem Zelt geführt und bekamen Essen und Fanta. All das Beten und Singen führte dazu, dass meine Verwandten ausfindig gemacht wurden, dieselben Verwandten, bei denen meine Großmutter untergekommen war. Sie waren überrascht, als man mich zu ihnen brachte, und meine Großmutter weinte und nahm mich auf den Schoß. Sie sagten, ich müsste im selben Zimmer schlafen wie meine Großmutter, und die gab mir mit einer kleinen Geste zu verstehen, wie unwohl sie sich hier fühlte.

Eines Sonntags schlachteten sie ein Huhn und aßen es zum Abendessen. Meine Großmutter und ich bekamen nur ein paar lilarote Stücke Muskelmagen. Wir durften nicht einmal bei ihnen am Tisch sitzen. Meine Großmutter flüsterte mir zu: »Wir sind hier nicht erwünscht«, und daraufhin schmiedete sie ihren Plan. Wir würden weggehen. Wir würden nachts aufbrechen, wenn sie fest schliefen. Sie hatte ein paar Gegenstände, die sie mitnehmen wollte, eine Kalebasse, ein paar Löffel, einen Stuhl und einen Tisch mit ein bisschen gelber Farbe dran. Von diesen Sachen konnte sie sich nicht trennen. Wir stahlen uns nachts davon und hielten uns an die Hügel, um nicht gesehen zu werden. Meine Großmutter konnte nicht gut laufen, deshalb nahm ich sie auf den Rücken. Ich konnte nicht gleichzeitig sie und die Möbel tragen, deshalb brachte ich sie an eine versteckt liegende Stelle und sagte, sie solle sich nicht rühren, solange ich die Sachen holen ging. Auf dem Rückweg sah ich in der Senke zwischen zwei großen Hügeln die hüpfenden Motorradscheinwerfer auf mich zukommen, und ehe ich mich verstecken konnte, packte mich schon einer an den Haaren, er lachte und lachte. Ich musste mich zwischen sie quetschen, und als ich rief: »Großmutter … Großmutter!«, lachten sie nur noch mehr.

Meine Großmutter ist auf diesem Feld gestorben, und ihre Möbel sind irgendwo anders und verrotten.

Und die Blätter der Bäume sind zur Naturheilung da.

Meine Mutter weint. Vor Freude. Sie sitzt in der ersten Reihe. Sie trägt ihr bestes Sonntagskleid und das passende Tuch um den Kopf. Ich habe für meinen Aufsatz über Bäume einen Preis verliehen bekommen. Jetzt soll ich den Aufsatz vor der ganzen Klasse und den Lehrern vorlesen. Der Preis ist ein Bogen parfümiertes Papier, auf dessen Ränder ein paar Worte gedruckt sind: *Woods of Windsor.* Das Papier ist zitronengelb und mit Blumen bedruckt, kleinen Schneeglöckchensträußen, umhüllt von grünen Blättern.

Ich versuche, nicht nervös zu sein. Ich weiß, dass meine Freundinnen mich auslachen und zugleich beneiden.

In unserem Land sind Bäume wichtig fürs Überleben. Sie bieten Schutz vor Regen und Sonne. Versorgen uns mit Nahrung. Sie sind unsere zweite Heimat. Jeder Teil eines Baums ist zu etwas gut. Manche, wie etwa der Mahagonibaum, enthalten Öle, die verletzte Haut kühlen und heilen. Viele haben Blätter, aus denen man wohlschmeckende Soßen für alle möglichen Gerichte zubereiten kann. Aus anderen Blättern kann man unterschiedlich schmeckende Tees kochen. Sie beruhigen und sind gut für die Nerven. Dann gibt es die verschiedensten Früchte, saftig und aromatisch. Und in den Kernen dieser Früchte verbirgt sich wieder andere Nahrung, zum Beispiel eine Art Paste, aus der man Butter machen kann. Niemand muss hungern, denn das ganze Jahr über kommen die Bäume unseren Bedürfnissen zuvor. Aber das Wichtigste am Baum ist der Baumgeist. In manchen Bäumen leben verstorbene Vorfahren und lenken Menschenleben. Sie wehren das Böse ab. Wenn diese heiligen Bäume verletzt oder beschnitten oder niedergebrannt werden, dann werden die Vorfahren sehr böse, und manchmal üben sie Rache. Ernten gehen kaputt, und die Menschen hungern. »Tritt nicht auf die Geister«, hat mein Bruder Yusuf immer gesagt, wenn wir uns dort aufhielten, auf Zehenspitzen über die knochenartigen Wurzeln stiegen, die miteinander verflochten und zusammengewachsen waren. Es war immer abends. Vögel nisteten dort nicht, aber zu bestimmten Zeiten sangen sie ein Lied, das unerklärlich süß und zugleich melancholisch war.

Die Tränen meiner Mutter haben sich in Blut verwandelt. Mein Vater steht ganz hinten, die Hände auf dem Kopf verschränkt. Was tun sie dir an?, fragt er, seine Stimme so tief wie an dem Morgen, als ich sie das letzte Mal gehört habe. Seine Augen sind Teiche von endlosem Braun, in denen ein Feuerquell sprudelt. Er macht sich bereit, die Männer, die mich gefangen halten, zu töten.

Ich wache auf dem Boden des Kochhauses auf, wo ich wohl aus Erschöpfung eingeschlafen bin. Ich fange an, am Lehm zu kratzen wie ein Tier, das sich freischarren will. Ich werde nie mehr hier rauskommen. Ich bin für immer hier. Ich bitte Gott, mir keine weiteren Träume zu schicken. Mich leer zu machen. Leer von allem, was war.

Ich ging mit einem Mädchen namens Hadja durch den Hof. Sie machte die Wäsche für die Ehefrauen, und manchmal musste ich ihr helfen. Wir hielten jeweils einen Griff des großen Bottichs, in dem die Wäsche lag. Sie deutete auf die Wäscheleine ganz hinten auf einem kleinen Hügel, nicht weit von der Stelle, wo sie ihre Toten begruben. Bei allem Draufgängertum waren sie abergläubisch. Sie glaubten, dass ihre Toten alles überwachten und ihnen im Gefecht Kühnheit verliehen. Einem Mädchen, das einmal in Trance gefallen war und vorhergesagt hatte, dass ein großer Teil des Bataillons ausgelöscht werden würde, hatten sie wegen seiner Dreistigkeit die Zunge abgeschnitten. Es war das kleine Mädchen, das Aisha und ich am ersten Morgen gesehen hatten.

»Da werden sie dich hinbringen«, sagte Hadja und lenkte mich zu einem Zementhaus ganz am Ende, ein Stück vom Friedhof entfernt. Es wurde das Blaue Haus genannt, war aber fast schwarz, und die Fenster hatten keine Scheiben mehr. Früher, sagte sie, als der Wald noch ein Wildreservat gewesen sei, hätten dort Jäger übernachtet. Die Innenwände waren mit Graffiti beschmiert,

Panzer und Gewehre und noch mehr Panzer und Gewehre. Und das Wort OKAY, in ignoranten, weit auseinandergezogenen schwarzen Druckbuchstaben.

Sie war lahm und hatte einen Sprachfehler. Sie war schon seit vielen Jahren hier, und man konnte nur ahnen, welche Qualen sie durchlitten hatte. Manchmal log sie. Ich glaubte ihr nicht ganz, als sie von Männern berichtete, die zu der Höhle ihrer Herrin kamen und dieser in kleinen Vanille-Essenz-Fläschchen das Blut von Säuglingen brachten. Von Säuglingen, deren Eltern sie diesen Männern verkauft hatten, wohl wissend, dass sie erstickt werden würden. Die Frau gierte nach dem Säuglingsblut, denn sie glaubte, dass es Jugend schenkte. Sie wollte jung bleiben für die Zeiten, wenn ihr Mann kam. Er war ein Kommandeur, der für seine Unbarmherzigkeit bekannt war und viele Frauen und Kinder in verschiedenen Lagern hatte. Die Frau und die Männer schacherten immer um den Preis.

»Schau, da … schau, da …«, sagte Hadja mit einem seltsamen, tückischen Glitzern in den Augen.

Ich sah einen langen Korridor, von dem lauter Zellen abgingen, jede mit einem eisernen Bett und einer nackten Glühbirne, die von der Decke hing. Hier wurden die Mädchen hingebracht. Hier war auch sie hingebracht worden. Es geschah vor jedem Gefecht, um die Männer in Stimmung zu bringen, damit sie befriedigt und kampfeswütig loszogen.

Ich erzählte meinen Freundinnen diese grausige Geschichte, und wir warteten, wussten zwar nicht, ob sie kommen würden, gingen aber fest davon aus.

Dann geschah es.

Wachen packten uns und führten uns zu dem Blauen Haus. Laute Musik dröhnte, und aus verschiedenen Richtungen strahlte Licht. Männer wuselten herum, Gesindel in Militärkleidung, von ihren Gürteln hingen Messer, überall Gewehre, ihre Hosenläden waren offen. Als ich durch den Korridor ging, sah ich, dass die Glühbirnen über den Betten alle eingeschaltet waren.

Zwei Wachen zogen mich aus, spotteten darüber, dass ich einem von der Elite dienen dürfe. Er hatte mich beim Reinkommen bemerkt. Vor Angst sträubten sich mir die Haare am ganzen Körper, und sie beugten sich über mich, um sich das anzuschauen, begeistert, aufgekratzt.

»Die wartet doch nur darauf«, sagte der eine, und der andere wiederholte es, sein Gesicht so nah an meinem, dass ich die Zwiebeln in seinem Atem roch.

Ich schwor mir, mich zu einem harten Knoten zu machen, einer tief in der Erde vergrabenen Knolle, sodass der Elitemann wie ein Dachs kratzen und schaben, aber nicht an mich herankommen würde. Ich würde die Türen meines Bewusstseins schließen. Ich war wie eine Verrückte, die alle Türen und Fenster zumacht, aber sobald ich ihn hereinkommen sah, wurden die Türen und Fenster alle wieder aufgerissen. Er war groß und bärtig und hatte einen irren Blick. Sein Adjutant nahm ihm das Gewehr aus der ausgestreckten Hand, während ihm ein Zweiter die Hose auszog und sie dann sauber zusammenlegte. Er sprach nicht. Seine Macht lag in seinem Schweigen und diesem ekelhaften Stieren. Als er sich auf mich legte, war es, als würde eine schwarze Plane über mich geworfen, eine Schwärze, die mich unter sich begrub und alles andere aussperrte. Ich wusste, dass er mich umbringen würde, wenn ich irgendetwas falsch machte. Ich versuchte, meinen Körper seinen Bedürfnissen anzupassen, hörte ihm zu, während er rackerte und fluchte, schäumte, ich sei nicht offen genug, nicht gefügig. Meine Hände hoben sich ganz von selbst, um ihn zu kratzen, ihn abzuwehren, und er explodierte, immer noch mit mir gekoppelt, brüllte nach den beiden Männern. Sie wussten, was sie zu tun hatten.

»Haltet sie fest.«

»Zwingt sie nieder.«

»Spreizt ihre Beine.«

Er brüllt immer noch, obwohl sie genau wissen, wie seine Wünsche zu befriedigen sind. Ich sterbe nicht, und doch sterbe ich. Eine Metzelei wird an mir verübt. Dann spüre ich, wie mein eines Nasenloch geweitet wird, der Gewehrlauf spreizt es auseinander. Ich weiß, gleich wird das Gewehr in meinem Kopf losgehen. *Ich werde aus diesem Moment nicht mehr erwachen, ich werde sterben, ehe mein Schrei zu Ende ist.*

Noch während er sich aus mir zurückzog, rief er nach einem Kessel Wasser, um sich zu waschen.

Andere kamen, allein oder zu zweit, unter wildem Gelächter, rissen, fraßen, ergossen sich in mich. Dringlichkeit lag in der Luft. Im Hof hupten die Lastwagen. Schon bald waren sie alle zu einem Wesen verschmolzen, keine Männer mit menschlichen Zügen. Ich war bei Sinnen und dann wieder nicht, aber ich war nicht tot. Dafür sorgten sie. Mit brutalen Schlägen holten sie mich immer wieder ins Leben zurück. Um ihre Lust anzustacheln. Meinen Freundinnen in den Zellen neben meiner widerfuhr das Gleiche, aber keine schrie. Stumm wie Leichen. Ich schaute den Fliegen an der stinkenden Decke zu, wie sie sich um ihre Toten scharten.

Der Letzte, der kam, war allein, wütend, dass man ihn so lange hatte warten lassen, empört über die Verwüstung, die ihn empfing. Er entschied, dass nur mein Mund rein genug für seinen »Soldaten« war, und stemmte meine Kiefer mit schierer Unbarmherzigkeit auf.

Schließlich waren sie fort. Ich hörte die Lastwagen durch das offene Tor fahren, unter Triumphgeschrei und Gejohle.

Ich setzte mich auf und wischte mir das Gesicht mit meinem Kleid ab. Jenseits des Fensters nahm das Massengrab seine Portion Morgentau in sich auf, und ich wünschte, auch ich wäre gestorben.

Aus den Zellen ringsum tödliches Schweigen. Meine Freundinnen sitzen wie ich auf dem Bett, fragen sich, ob sie noch stehen, einander ins Gesicht sehen, tapfer wirken können. Wir würden nichts sagen, nichts würden wir jemals zueinander sagen.

Dann plötzliche Dunkelheit, als die Generatoren ausgeschaltet werden und die Musik verstummt. Es ist besser so. So müssen wir einander nicht in die Augen sehen, wenn wir uns im Korridor versammeln.

Es war dunkel im Hof. Wir hatten uns zusammengefunden, aber zugleich waren wir allein, allein in einer so tiefen Einsamkeit, dass sie uns niemals mehr verlassen würde. Überall war Nebel, am Himmel, in der Luft, in unserem betäubten Innern. Fatim schwankte auf ihren Beinen wie ein kleines Reh und sagte, wenn ich ein Kind bekomme, wird es ein Mädchen, und ich werde es Jesus nennen. Jesus wird eine Frau sein.

Diejenigen Mädchen im Schlafsaal, die bereits schliefen, murrten, weil sie geweckt wurden. Einige standen aus Neugier auf und sahen uns im unruhigen Schein einer Taschenlampe, unsere Hände voller Scham vor dem Körper gekreuzt, und sie blickten kalt zurück, sie, die sie viel Schlimmeres erfahren hatten, weil sie schon viel länger da waren. Als ich mich bäuchlings auf die Matte legte, berührte ein Mädchen neben mir ganz leicht mein Haar. Sie hatte Nüsse in der Faust. Sie zerknackte sie in kleine Stücke, und wir aßen sie, fast schweigend. Sie hieß Buki. So wurden wir Freundinnen.

Buki, kurz für Bukola. *Bukola, ein Geschenk Gottes.* Sie lebten in einem Dorf nicht weit vom Mandara-Gebirge. Ihr Vater hatte eine kleine Landwirtschaft, außerdem ging er jedes zweite Wochenende fischen und übernachtete dann mit ein paar anderen örtlichen Fischern in einem Zelt. Einen Teil seines Fangs verkaufte er an ein großes, erst vor kurzem gebautes Hotel. Zu seiner Bezahlung gehörten immer auch zwei Mahlzeiten in dem Hotel, wo man ihnen Yamswurzel-Porridge mit vielen Spiegeleiern servierte und danach Zitronensorbet. Die Mutter war nicht dabei. Ihre Mutter war weggegangen, als Buki noch ein Kind war, zurück in den Süden, weil es ihr da besser gefiel. Der Norden, hatte ihre Mutter gesagt, das seien die Rinderzüchter, und sie sei ein feineres Leben gewohnt. Buki wurde von ihrem Vater aufgezogen. Und geliebt.

Eines Abends kurz vor Einbruch der Dunkelheit kam er von seiner Landwirtschaft zurück und sah mich mit anderen Mädchen aus den umliegenden Dörfern in einem Haufen zusammenstehen. Ein Stück weiter standen junge Männer, die ebenfalls verschleppt werden sollten, in einer Reihe. In der Mitte des Platzes war eine Grube ausgehoben, in die sie die Alten gepfercht hatten, Männer und Frauen, die um ihr Leben flehten. Mein Vater hatte ein paar Naira in seinem Hemd stecken, und die gab er den Dschihadisten, damit sie mich freiließen. Sie nahmen das Geld und stießen ihn dann in die Grube zu den Alten, die gesehen hatten, was er zu tun versucht hatte, und ihn dafür verachteten. Dann kamen Reiter, die ihre Pferde zügelten und ihnen gleichzeitig die Sporen gaben. Die Pferde scheuten erst zurück. Sie witterten Blut. Sie witterten den Tod. Rollten wild mit den Augen. Als die Grube zugeschüttet war, lenkten die Reiter ihre Pferde darauf und ließen sie tänzeln. Die Pferde fanden schnell Gefallen an ihrer Aufgabe, ihre Hufe prallten gegeneinander, und innerhalb kürzester Zeit hatten sie sich in eine rauschhafte Ekstase hineingesteigert.

Mein Vater konnte mich nicht mehr anschauen. Er hat immer gesagt, wenn man tot ist, bleibt die Seele zurück. Er hat gesagt, die Seele wiegt nichts, denn sie ist göttlichen Ursprungs.

Stacheldraht über uns und um uns herum in wirren Windungen. Ausgerollt auf dem Boden, um uns zum Stolpern zu bringen. »Der Sumpf« wurde es genannt. Hier gingen wir hin, um uns zu erleichtern, ganz früh am Morgen, wenn die Männer noch beim Gebet waren. Ein verkommener, übelriechender Ort voller Fliegen und Stechmücken, mit hohem Gras und jungen Bäumen.

Wir suchten jede nach einem Plätzchen, wo wir für uns sein konnten, denn auch wenn wir für die Männer Huren waren und uns selbst abscheulich fanden, klammerten wir uns an den letzten Zipfel Anstand. Jede suchte sich ein stilles Fleckchen und danach eine Pfütze oder einen Bach, um sich zu waschen. Wir beteten alle um unsere Regel. Manche Mädchen aßen bestimmte Wurzeln und Blätter, um nicht schwanger zu werden. Das purpurrote Glitzern des Bluts auf den hohen Grashalmen war unsere einzige Erlösung. Ich starrte auf meines und sagte Dank. Ich musste an meine Mutter denken, wie sie mich, wäre ich zu Hause, mit warmem Wasser und Binden umsorgen und mir erklären würde, das sei nun mal der Lauf der Natur. Ich sah unsere Küche vor mir, bis ins kleinste Detail, sogar die Sonnenstäubchen, die in der Luft schwebten, und den festgebackenen Staub. Ich hätte nicht sagen können, wie weit ich von ihr und von allem entfernt war. Der Sumpf war jetzt unser einziges Zuhause. Hier versuchten wir auch, uns miteinander anzufreunden.

Einige der Mädchen aus unserer Schule wurden seltsam und in sich gekehrt. Die kranke Atmosphäre auf dem Gelände hatte von ihnen Besitz ergriffen. Sie waren wie Schlafwandlerinnen, abwesend, vor sich hin murmelnd, in sich selbst verschlossen.

Überall lauerten Spione.

Eines Morgens kam eine Soldatin den Hügel heraufgeeilt. Das Gerücht, dass einige Mädchen fliehen wollten, hatte die Runde gemacht. Man hatte sie geschickt, damit sie uns warnte. Vor vielen Jahren war auch sie entführt worden, mit vier Kindern sowie einer Gruppe anderer Mütter mit ihren Kindern. Man hatte sie aus ihrem Dorf geholt, als die Männer nicht da waren. Sie mussten durch dichten Wald laufen, bekamen nur Blätter zu essen und fauliges Wasser zu trinken. Nachts, wenn die Entführer schliefen, beteten sie und versuchten sich dann fortzustehlen, aber sie wurden jedes Mal wieder eingefangen. Allah hatte ihr Schicksal bestimmt. Damals konnten sie noch nicht wissen, wie sehr ihr neues Leben sie beglücken, die wahre Erleuchtung sie verwandeln würde.

Sie sprach mit jeder von uns, und Stolz tanzte in ihrem Blick – »Wenn ihr versucht zu fliehen, werdet ihr wieder zurückgebracht. Man wird euch für drei Tage in einer Arrestzelle einsperren. Dort müsst ihr auch eure Notdurft verrichten, und dann holt man euch heraus, besudelt und verschmiert, und peitscht euch öffentlich aus. Und beim nächsten Mal kommt ihr nicht mehr so glimpflich davon.«

Dann verschwand sie.

Unten im Hof hörten wir Beifallsrufe. Die drei Mädchen, die gleich zu Beginn abgesondert worden waren, setzten sich gerade auf drei bereitstehende Motorräder, für die Reise gekleidet wie Prinzessinnen, die Hidschabs gefällig ums Gesicht drapiert. Die Fahrer hatten die Füße auf dem Boden, wie in Steigbügeln, sie konnten es kaum erwarten loszufahren.

»Die werden als Bräute an reiche Männer in Arabien verkauft«, flüsterte Orpah mir zu, und das machte die Runde. So verfuhr die Sekte mit den hübschesten Mädchen, um die Kassen aufzufüllen.

Orpah war meine Schulfreundin gewesen. Wir waren abends immer zusammen den langen Weg nach Hause gegangen, und manchmal hatten wir die Obstgärten der Gemeindezentren geplündert. Sie konnte das richtig gut, mit einem Stock. Ich gab ihr ein Zeichen, aber sie ignorierte mich. Keines der Mädchen nahm uns zur Kenntnis. Sie schauten weg, den Blick in eine zauberische Ferne gerichtet, auf ihr neues Märchenleben.

Der Regen fiel sintflutartig. Es war, als könnte sich der Himmel gar nicht schnell genug entleeren, und der Boden war nur noch Matsch. Unsere Flipflops versanken darin. Es war noch sehr früh. Plötzlich ertönte aus einem Lautsprecher ein Befehl: Wir sollten uns sofort neben der Moschee versammeln. Wir dachten, es gebe einen Luftangriff und unsere Soldaten seien gekommen, um uns zu retten. Wir waren zwar Sklavinnen, aber zugleich auch potenzielles Lösegeld, man konnte uns gegen große Summen freikaufen, und entsprechend hatten sie uns unterwiesen. Sie hatten unterirdische Bunker gebaut, und einmal waren wir in kleinen Gruppen dorthin gebracht und eingegraben worden. Es war stockfinster da drinnen und voller Maden. Wir brachten kein Wort über die Lippen.

Doch als wir jetzt über den Hof kamen, erwartete uns ein Anblick, der jenseits von allem lag, was wir je gesehen oder uns auch nur vorgestellt hatten. Man hatte ein Loch gegraben und die Erde rundherum festgestampft. Die Männer strömten herbei wie zu einem großen Spektakel. Zwei Männer, Leichenbestatter, wie wir später erfuhren, standen steif rechts und links des Lochs. Andere Männer kamen mit Schubkarren, in denen Steine aufgetürmt waren, stumm und bedrohlich. Sie waren verschiedenfarbig, hellgrau, dunkelgrau, schwarz, und hatten scharfe Kanten, waren für das, was bevorstand, eigens ausgesucht worden. Es herrschte eine seltsame Stille, wie wenn sich Unheil ankündigt. Die Frau wurde hergeführt und zugleich von hinten gestoßen, wie ein Maulesel. Sie war die Schönste im ganzen Lager. Sie war die Frau des obersten Emirs, und es hieß, sie solle wegen Ehebruchs gesteinigt werden.

Ich hatte sie einmal in dem kleinen Laden gesehen, als ich helfen musste, Kisten auszupacken, die Beute aus einem Dorf, das die Sekte gerade geplündert hatte. Sie durfte sich als Erste etwas aus all dem Putz, dem Schmuck und den Kleidern aussuchen. Langsam streifte sie sich einen Satz wertloser Armreifen über, spielte mit ihnen herum, bewunderte jeden einzeln. Sie war eine hochmütige Frau. Eine Dienerin hielt ihr einen Spiegel hin, damit sie sich nun bewundern konnte. Sie lachte, war sich ihrer Schönheit und ihrer Stellung als auserwählte Ehefrau bewusst.

Jetzt nahmen die Männer ihre Maße und steckten den Stab dann in das Loch, um sicherzustellen, dass es ihren Messungen entsprach. Sie nahmen es sehr genau. Unterdessen betrachtete die Frau mit einem fast abstrakten Interesse ihre üble Umgebung, die Männer, darunter vielleicht auch ihr Ehemann, niedere Kommandeure, Ehefrauen, Nebenfrauen, Gesinde. Dann musste sie sich in das Loch stellen, sodass nur noch Kopf und Hals sichtbar waren, genau über dem Rand.

Die freudige Erregung wuchs. Die Männer drängelten,

baten um die Ehre, den ersten Stein werfen zu dürfen. Als das harte Geräusch einer hölzernen Klapper erklang, rannten alle zu dem Steinhaufen und zielten auf die Frau. Der erste Stein traf und prallte von ihrem Nacken ab, und sie taumelte innerhalb des engen Raums, in dem sie gefangen war. Sie versuchte den Steinen auszuweichen, die jetzt von allen Seiten auf sie einprasselten, ihre eine Gesichtshälfte blutüberströmt, dann vom Regen abgewaschen. Sie zuckte hilflos. Die Steine flogen wild durcheinander, ein grässlicher Hagel auf das Gesicht, das in dieser Enklave einst legendär gewesen war. Von ihrer einen Wange hing das Fleisch in Streifen herunter, und als sie schrie, gingen ihre Schreie in das Siegesgebrüll derer über, die sie hinrichteten.

Ich wollte, dass sie starb, sofort, bevor die Männer sie noch schlimmer entstellen konnten, doch obwohl sie zuschanden gerichtet war, starb sie noch nicht, und ihre Augen zuckten wild hin und her. Immer wieder versuchte sie ihren Kopf zu bewegen, um ihrem Schicksal zu entgehen, und es gelang ihr, in einer letzten vergeblichen Geste der Verzweiflung ihre Hände zu befreien. Aber die Exekution ging unerbittlich weiter. Das Blut pulsierte kraftvoll aus ihren Adern. Die Steine fielen verschmiert zu Boden, wurden aber sogleich wieder aufgehoben, damit das Bombardement weitergehen konnte.

Sie war jetzt wie ein Ghul, ein Zerrbild dessen, was sie gewesen war, auf der einen Seite blutend, auf der anderen zerfetzt. Die Männer brüllten triumphierend. Es war offensichtlich, dass sie fast tot war, ihre Augen, die sie fest zusammengekniffen hatte, öffneten sich noch einmal zu einem wissenden, bestürzten Glotzen, dann sank der Kopf zur Seite, schwer und harmlos. Die Steine, Werkzeuge dieser Tat, wurden wieder auf die Schubkarren geworfen, damit sie jederzeit zur Hand waren. Das Allerseltsamste war ihr Haar, so lang und üppig, es schien vor Leben zu strotzen.

Das Lager war fast menschenleer. Sie waren in Lastwagen weggefahren und hatten die meisten Mädchen mitgenommen, damit sie halfen, im Wald provisorische Hütten für einige Neuankömmlinge zu bauen. Ich saß unter dem großen Baum, um mich etwas auszuruhen. Ich hatte alles fürs Abendessen vorbereitet. Es gab Rind, das über dem großen Feuer briet und seinen Saft verspritzte. Die Frau eines Emirs hatte mir einen Satz neue Messer gebracht. Sie lagen in einem Besteckkasten, mit einer Vertiefung für jedes einzelne Messer.

Dann sah ich vier Männer über den Hof kommen. Er war der auffälligste, dünn wie ein Aal, großspurig, in einem knallbunten T-Shirt. Aus ihren Handys dröhnt Musik.

Plötzlich rennt er auf mich zu, zerrt mich vom Baum weg. Er reißt mir das Kleid vom Leib, signalisiert den anderen, dass sie fotografieren sollen, und dann passiert es. Das Geräusch seines Reißverschlusses, sein heftiger Atem, als er zum Rhythmus der Musik in mich hineinstößt. Die anderen sind auch in Bewegung, machen mit ihren Handys ein Bild nach dem anderen – von meinem Kopf, den er mit seinen schmierigen Händen herunterdrückt, meinem Gesicht, meinen zusammengebissenen Zähnen, seiner tanzenden, über mich gewölbten Silhouette.

Eine schwarze Leere erfüllt mich, aber sie ist nicht Leere genug, um alles auszublenden. Ich nehme eins der neuen Messer und schlitze seinen Körper von oben bis unten damit auf, schneide ihn entzwei. Aber er ist nicht tot. Ihre Prahlerei, ihre Kameras, die um die beste Position wetteifern, haben ihn angespornt. Ab und zu zieht er sich aus mir zurück, damit die Kamera vollen Einblick hat. Sie lachen über meine Schreie, als er meinen gesamten Körper auf diesem traurigen Erdboden in Erschütterung versetzt.

Erst als der letzte Laut aus seiner Kehle erstorben ist, lässt er von mir ab. Doch es ist noch nicht vorbei. Sie wollen Bilder von meinem Gesicht, meinem Gesicht auf dem Boden, ausdruckslos, starr, entseelt. Dann wird in meinem Innern alles ausgelöscht außer den schwarzen Flecken, die in meinen Augen wabern.

Sie sind weggelaufen, die Musik dröhnt aus der Ferne.

Ein Mädchen, das ich kaum kenne, kommt und bleibt neben mir stehen. Sie bedeckt mich, meine Schmach, mit meinem Kleid. Die Krone des großen Baums erhebt sich gleichmütig vor dem Himmel, und das Laub wispert wie vor einem Regen. Dann streicht ein leichter Wind aus dem Wald, ein kühler Wind, der Regen ankündigt, wie Seide über meinen Körper, meine Beine. Der Regen kommt in lauten, kräftigen Böen, er prasselt herunter und wäscht alles sauber. Heftiger, plötzlicher, barmherziger Regen. Hat Gott den Regen gesandt oder der Regenmacher. Hat Gott gesehen, was gerade passiert ist, und es in sein großes Buch geschrieben, für den Tag des Jüngsten Gerichts. O Gott, banne ihn aus mir. Ist das zu viel verlangt.

Werde ich jemals die Sprache der Liebe kennenlernen. Werde ich je wieder irgendwo zu Hause sein.

Eine Frau des Emirs kam in unseren Schlafsaal, als wir uns gerade auszogen, und sagte, alle, die ihre Regel hätten, sollten die Hand heben. Ich hob die Hand, wie vier andere auch, aber es war ohnehin offensichtlich, denn das Blut rann uns die Beine hinab. Unsere notdürftigen Binden waren nicht saugfähig, und wir hatten keine Sicherheitsnadeln, um sie zu befestigen.

Wir standen etwas verlegen da, während sie guckte und dann notierte, wie wir hießen und auf welcher Matte wir schliefen. Am nächsten Abend wurden weitere Hände gehoben, und am übernächsten Tag waren wir schließlich zu neunt. Wir ahnten schon, worum es ging. Ein Noch-nicht-Ehemann hatte sich im Gefecht hervorgetan und wurde nun zur Belohnung mit einem Mädchen verheiratet, das nicht schwanger war.

Am folgenden Morgen wurden wir zur Anschauung präsentiert. Wir standen dicht beieinander, und sie sagte, wir sollten uns verteilen, dann ging der junge Mann zwischen uns herum und begutachtete uns wie Rinder. Er war eher klein, sein Gesicht war nur zum Teil verdeckt, und sein eines Augenlid hing herunter. Er sah keine von uns direkt an. Bei seinem dritten Rundgang blieb er kurz vor mir stehen, und ich wusste, dass er ein Lächeln von mir erwartete, aber ich lächelte nicht. Danach zogen er und die Frau des Emirs sich in einen Nebenraum zurück, während wir warteten, unsicher, denn wer konnte schon sagen, was schlimmer war, den Bedürfnissen eines Mannes zu genügen oder denen der sechs oder sieben Männer, die Nacht für Nacht über uns herfielen. Sie kam wieder, winkte mich zu sich, und während wir hineingingen, gratulierte sie mir zu meinem Glück.

Sie hieß mich Platz nehmen, aber er und ich wechselten kein Wort. Trotzdem sollten wir verheiratet werden.

Danach gab sie mir mein Brautgeld und sagte, ich solle in den Laden gehen und mir ein paar Sachen kaufen. Ich kaufte einen sauberen Wickelrock aus Baumwolle, Monatsbinden und eine Packung Kekse, die ich mit meinen Freundinnen teilen wollte.

Doch als ich zu unserem Schlafsaal hinüberging, waren meine Freundinnen abweisend. Warum ich und nicht sie? Buki war den Tränen nahe.

»Ich komme zu dir in den Garten«, flüsterte ich ihr zu, aber sie antwortete nicht.

Die Zeremonie war sehr kurz und sehr schlicht. Ich musste mich neben die Moschee stellen, und der Emir rezitierte Gebete und las Verse aus dem Koran vor, die ich nachsprach. Mein Mann war nicht anwesend.

Es war dunkel in unserer Hütte, als ich ihm wiederbegegnete. Das Bett, auf das wir uns setzten, war niedrig, und er nahm meine Hände dankbar zwischen seine beiden Handflächen. Dann sagte er mir seinen Namen, ich wiederholte ihn und sagte ihm meinen. Mahmoud. Maryam. Ich wusste, dass ich ihn nicht liebte.

Er schenkte mir einen Schleier, wohl aus einem Laden in irgendeiner Ortschaft erbeutet, der danach abgefackelt wurde. Der Schleier roch nicht nach Feuer. Wie viele Mädchen hatten ihn wohl im Schaufenster bewundert und davon geträumt, ihn zu besitzen, und wo waren diese Träume geblieben. Verloren, in einem endlosen Nichts. Und wo waren die, die sie geträumt hatten.

Er war zaghaft, anders als die Bestien, und ich wusste, dass ich ihn würde ermuntern müssen. Er zog mich aus, dann zog er sich aus und berührte meinen ganzen Körper mit den Händen, wie es vielleicht ein Blinder getan hätte, und so nahm er mich als seine Frau in Besitz. Maryam. Mahmoud.

Draußen schüttete es, und wir konnten den Regen vom Rand des Grasdachs tropfen hören, während wir dasaßen und Minute um Minute verstreichen ließen. Kurz bevor wir uns schließlich in das Feldbett legten, zog er etwas darunter hervor. Ich dachte erst, es sei ein Gewehr, denn viele von ihnen hatten angeberisch ihr Gewehr umhängen, während sie uns fröhlich vergewaltigten. Doch tatsächlich war es ein langes Kabel, das mit lauter winzigen Stiftchen besetzt war, die plötzlich aufleuchteten. Das mal lila, mal blau, mal violett blinkende Licht fiel auf den Boden, auf sein Hängelid, auf meine Hand, die nach seiner suchte.

Am Morgen berührte er mit dem Zeigefinger zart meine Lippen und sagte mir den Namen seiner Mutter. Onome. Sie war der Mensch, den er am meisten liebte. Er hatte sich anwerben lassen, um sie vor dem Hungertod zu retten. Die Sekte zog immer wieder durch die Dörfer, um junge Männer in kampffähigem Alter zu rekrutieren, denen sie große Geldsummen versprachen. Er versteckte das Geld im Kornspeicher, wo seine Mutter es sicher finden würde, aber er hatte sich nicht von ihr verabschiedet.

»Du hast sie verlassen?«

»Ich gehöre jetzt hierhin«, sagte er, als redete er mit einem seiner Kommandeure.

»Was ist eigentlich mit deinem Auge passiert?«, fragte ich. Er dachte kurz nach, ehe er antwortete. Als Junge war er in seinem Dorf in eine Auseinandersetzung zwischen Muslimen und Christen geraten, und ein Stein, der eigentlich für jemand anderen gedacht war, hatte sein Auge getroffen und das Lid zerrissen.

»Kannst du noch sehen?«, fragte ich.

»Dich kann ich sehen«, sagte er.

Wir gingen unseren jeweiligen Pflichten nach und trafen uns immer erst abends, wenn ich ihm das Abendessen brachte und zusah, wie er aß. Danach aß ich selbst. Und dann betete er.

»Aber du bist nicht konvertiert«, sagte er.

»Nein, ich bin nicht konvertiert«, antwortete ich, aber ich hatte vor ihm nicht so viel Angst wie vor den anderen.

Manchmal war er tage- oder wochenlang zu Überfällen fort, doch er sagte nie, wo, noch wie schlimm die Kämpfe gewesen waren. Wenn er zurückkam, war er hungrig nach Essen, Trost, Ruhe. In diesen Zeiten, nach einem Gefecht und in Vorbereitung auf das nächste, war er wie ein Träumer, sprach wenig, als wollte er die beiden Welten, seine beiden Ichs, getrennt halten. Er baute im Tischlerschuppen ein Regal, das er über unserem Bett montierte und auf dem wir die Taschenlampe, meinen zerbrochenen Kamm und das Rasiermesser ablegten, mit dem er seinen Bart stutzte. Er liebte seinen Bart und sprach mit ihm.

Im Lager herrschte Chaos. Ein Laster fuhr in den Hof, und die Leichname wurden neben der Moschee aufgereiht. Ehefrauen durften nach ihrem Mann suchen, aber Weinen war untersagt. Einigen der Toten war das Gesicht weggeschossen worden, sodass die Frauen ihren Mann an einem Stiefel oder der Kleidung erkennen mussten.

Mahmoud war nicht unter den Gefallenen. Ich liebte ihn nicht, aber den Tod wünschte ich ihm auch nicht.

Sie brachten ihn ein paar Abende später, trugen ihn in die Hütte und legten ihn hin. Ein Soldat hielt eine Laterne über ihn, und in ihrem schwankenden Licht sah ich, dass sein rechtes Bein gebrochen war, es war offen und eiterte. Der Sanitäter, der ihn gebracht hatte, hatte Salben und Verbandsmaterial dabei, sagte aber, es sei besser, Luft an die Wunde zu lassen, man müsse ihn nur davon abhalten, zu kratzen.

»Was passiert, wenn ihm das Bein amputiert werden muss?«, fragte ich.

»Dann ist er fürs Gefecht nicht mehr zu gebrauchen«, war die Antwort.

Dumpf lag er da, war nicht erreichbar. Manchmal redete er mit sich selbst, aber mit mir redete er nicht. Die Frau eines der Ältesten kam regelmäßig, um ihn zu versorgen, und ich musste währenddessen hinausgehen. Doch ich schaute durch die Fensteröffnung zu. Ich sah, wie sie mehrmals hintereinander Wasser aus einer Plastikschüssel über ihn goss und ihn dann abtrocknete, auch seine Haare und seinen Bart, den Bart, an dem er nachts jetzt riss. Sie brachte ihm eine aus Fleischstückchen und Knochen zubereitete Suppe. Er war so schwach, dass er die Suppe schlürfte. Er trank Tee aus Blüten, die sie aus dem Dorf mitbrachte. Ältere Ehefrauen wie sie durften das Lager verlassen, die Grenze überschreiten, aber ich hätte das gar nicht gewollt, denn ich wusste, dass mir selbst der flüchtigste Blick auf die Welt da draußen das Herz brechen würde.

Da ich mich einsam und unerwünscht fühlte, lief ich oft auf dem Gelände herum und hoffte, einer meiner alten Freundinnen zu begegnen. Eines Tages sah ich Buki in ihrem khakifarbenen Kittel im Garten stehen, das Gesicht zusammengekniffen, mit jeder Faser darauf konzentriert, das Wurzelgeflecht gefällter Bäume aus dem Boden zu reißen, um den Garten zu erweitern. Zweimal richtete sie sich auf und hob das Gesicht, aber sie nahm mich nicht zur Kenntnis. Ich wollte ihr sagen, dass ich ein Kind bekam, aber es war unmöglich. Ich hatte es bisher niemandem gesagt.

Auch Wochen später war er noch nicht gesund. Er war immer wieder wirr im Kopf. Ich hörte ihn mit sich selbst reden oder mit diesem Wesen, das er auf dem Schoß hielt wie ein Kind. Ich hatte keine Ahnung, was es sein könnte. Gern hätte ich die Lichterkette hervorgezogen, die unsere Hochzeitsnacht erleuchtet hatte, und eines Abends bat er mich zu meiner Überraschung, sie zu holen. Er hatte das ausgestreckte Bein auf einen Hocker gelegt, und ich sah, dass es eiterte.

»Ich bin ein Tier … ich bin ein Tier«, stieß er wild hervor. Er konnte es nicht mehr für sich behalten. Seine Einheit hatte das Dorf überfallen, aus dem man ihn rekrutiert hatte. Er und drei andere waren vorausgeschickt worden, durch den heiligen Hain. Die verwitterten Lehmhütten lagen in nächtlicher Stille, in einer davon schlief seine Mutter. Innerhalb weniger Minuten fiel die ganze Siedlung in sich zusammen. Sein Cousin versuchte zu fliehen, und als der Kommandeur sah, wie er sich davonschlich, ließ er ihn ergreifen. Mahmoud erhielt den Befehl, seinen Cousin mit dem Messer umzubringen. »Dreh es dreimal um«, wies der Kommandeur ihn an, also drehte Mahmoud das Messer dreimal um, als ginge es nur darum, Holz zu hacken.

Dann versagte sein Verstand, und er begann sinnloses Zeug zu reden, über die neun Töchter irgendeines Gottes und einen geköpften Kopf. »Ein geköpfter Kopf ist ein wüstes, triefendes Ding.« Das war es, was er im Schoß hielt, das Wesen, mit dem er all die Wochen geredet und das er in den Armen gehalten hatte.

»Sei still, Mahmoud, sonst erschießen sie dich.« Ich wusste, dass ihn niemand hören durfte, weil man ihn sonst herausholen und prügeln würde oder noch Schlimmeres. Immer wieder versuchte ich, ihn zum Schweigen zu bringen. *Ein geköpfter Kopf ist ein wüstes, triefendes Ding.* Aus diesem Delirium würde er nicht mehr erwachen.

»Ich bekomme ein Kind, und die werden uns beide erschießen«, sagte ich. Das rüttelte ihn auf. Er hörte auf irrezureden und wies mich an, eine Plastiktüte unter dem Bett hervorzuziehen. Sie enthielt mehrere zusammengefaltete Zeitungen, in denen jeweils ein mit Geld gefüllter Umschlag steckte. Es war das Geld, das sie immer nach erfolgreichen Überfällen erhielten, damit sie das Gefühl hatten, sie seien frei, was sie natürlich nicht waren. Die Scheine waren schmutzig und abgegriffen. Sie rochen nach menschlichen Körpern. Ich zählte sie nicht.

»Aber das ist doch Freiheitsgeld«, sagte ich und hielt eins der Bündel hoch.

»Versteck es … Erzähl niemandem davon«, sagte er und streichelte meine Wange in matter Erinnerung an das, was einst zwischen uns gewesen war.

Dann fing er an zu lachen, ein wildes, ungebärdiges Lachen. Ihm war etwas Lustiges eingefallen. Als Belohnung für seine Tapferkeit hatte er auf dem Rückweg im Lastwagen vorne neben dem Fahrer sitzen dürfen und war deshalb bei der Einfahrt ins Lager von seinen Kameraden als Held empfangen worden.

Es war das letzte Mal, dass wir als Mann und Frau zusammen waren.

Die Wehen kamen am frühen Morgen. Mahmoud war nicht da. Seit der Nacht, in der er seine perfide Tat gestanden hatte, lebten wir nicht mehr zusammen. Er schlief in einer Hütte nah dem Wall, mit einigen anderen Wachmännern zusammen, die auch nicht mehr im Gefecht zu gebrauchen waren.

Als meine Wehen einsetzten, wurden mehrere Frauen gerufen. Sie stammten aus verschiedenen von der Sekte eroberten Dörfern, und man hatte ihnen nichts angetan, weil sie kundig darin waren, Kinder in die Welt zu holen.

Neun Frauen waren es insgesamt, alle mit Gewehren, die sie nun ablegten.

Ich lag auf einer freien Fläche unter einem Strohdach, auf dem Boden ein paar leere Reissäcke, die als Tücher dienen sollten, in einer Ecke mehrere Säcke Zement. Die Frauen hatten alles Mögliche dabei – Lappen, Eimer mit Wasser, sauber entrindete kleine Stöcke und Bündel von Blättern. Später erfuhr ich, dass aus den Blättern sowohl ein Breiumschlag für meine Stirn wie auch ein Tee bereitet werden konnte, den ich trinken sollte, wenn die Schmerzen besonders heftig wurden.

Sie redeten und gackelten und hantierten herum und

stritten schon jetzt darüber, was am besten zu tun sei. Eine Frau namens Rashidah befeuchtete meine Lippen und sagte, ich müsse tapfer sein.

Die Kämpfer waren bereits draußen im Hof und feuerten erwartungsvoll ihre Gewehre ab. Rashidah sagte mir, nach der Geburt gehe der Jubel erst richtig los, jedenfalls wenn es ein Junge sei. Ein künftiger Kämpfer. Bei einem Mädchen wurde weniger geschossen und gar nicht gejubelt.

Die Schmerzen wurden schlimmer, und um sie zu lindern, tauchte Rashidah die entrindeten Stöcke in einen Topf Wasser und besprenkelte mich. Einige der anderen Frauen waren fast von Sinnen, riefen Gebete und Beschwörungen. Jedes Mal wenn ich losbrüllte, griff mir die Unleidige ins Haar und sagte, das sei nun mal das Los der Frau. Sie rannten herum und diskutierten, und dann legte mir eine von ihnen Steine auf die Brust, um die Geburt zu beschleunigen. Auf dem Feuer, das sie draußen angezündet hatten, erhitzten sie Pfeffer und schmierten mir dann eine warme Paste aufs Gesicht. Ich hatte das Gefühl zu ersticken. Ich fing an zu niesen und flehte, ins Freie gebracht zu werden.

Als das Wasser aus mir herausschoss, dachte ich, jetzt würde es einfacher werden und Babby würde sich strecken, aus mir hinausschwimmen wie ein Fisch und dann über den Boden zappeln.

Sie bugsierten mich zu den Zementsäcken und hievten mich so darauf, dass mein Hintern erhöht lag. Es war, als würde ich entzweigesägt. Ich spürte die Kugel des Kopfes, ein Druck wie von einen metallenen Ring, der hinausdrängte und sich dann zurückzog. Immer wieder. Sie sagten, ich solle zwischen den Wehen zählen und dann den Finger hochstrecken. Sie zählten mit, indem sie mit den Füßen stampften.

Der Tee, den ich getrunken hatte, hatte mich benebelt. Sie riefen, ich solle pressen, und dann schoben zwei Frauen die Hände in mich hinein, um den Kopf herauszuziehen. Ich spürte die Schultern, wie sie sich ihren Weg bahnten, erst die eine, dann die andere, und dann hörte ich das Kind brüllen, voll Wut über den abscheulichen Ort, in den es hineingeboren wurde.

Es kam mit einem nassen Flutschen heraus, und nachdem die Nabelschnur durchtrennt und verknotet worden war, hielten sie es für mich hoch. Es war ein Mädchen. Bestürztes Geschrei: »Es ist kein Junge!« Die zwei Frauen, deren Aufgabe es war, die Geburt zu verkünden, gingen an die Tür und hielten beide einen schwarzen Lappen hoch, und die Wut war unmittelbar. Es gab keine Freudenrufe, nur ein paar vereinzelte Schüsse, und dann zerstreuten sich die Männer. Ich wusste nicht, wo Mahmoud war, aber wo immer er sein mochte, die Ehre, die er sich erhofft hatte, wurde ihm nicht zuteil. Blut sickerte aus mir heraus, gefolgt von Klümpchen, die in stillen Schwällen herauspulsierten. Ich wurde wieder auf den Boden gelegt, damit die Zementsäcke keinen Schaden nahmen. Dann steckte mir Rashidah ein paar Maiskörner in den Mund und sagte, ich solle sie zerkauen und herunterschlucken, denn das Kind werde Milch brauchen.

Einige der Frauen beschwerten sich, weil der Mutterkuchen stecken geblieben war. Sie hatten Hunger. Ich sah, wie sie ihn stückweise herauszogen, sich auf den Boden setzten und ihn aßen. Andere griffen nach ihren

Gewehren und machten sich bereit zu gehen. Ihre Arbeit war getan.

Die Garstige, die den Pfefferumschlag gemacht hatte, sagte mir, ich solle das Blut aufwischen, bevor ich ging. Rashidah blieb noch einen Augenblick und nahm eine Sirupflasche mit Öl aus ihrer Tasche. Dann zog sie eine schmale Wachskerze hervor, tauchte sie kurz in das Öl und zündete sie an.

Ich war zum ersten Mal mit meinem Kind allein. Ihre Schreie zeugten von ihrem Hunger und noch etwas anderem. Sie schlug gegen meine Brust. Ich dachte mir, dass sie auch mein Blut trinken würde statt Milch, wenn sie es erreichen könnte. Ich befeuchtete ihre Lippen mit dem Wasser, das noch in einer Schale dastand. Sie spuckte. Ich versuchte sie auf den Arm zu nehmen, aber sie wand sich aus meinem Griff.

Ich hoffte sehnlich, dass jemand kommen würde, aber niemand kam, nicht einmal Mahmoud. Vielleicht hatte man es ihm verboten. Ich traue mich nicht, sie auf den Arm zu nehmen. Ich laufe auf die andere Seite der Hütte, rufe, hoffe, dass draußen jemand vorbeigeht.

Später, ich weiß nicht, wann, krieche ich zu ihr. Sie sieht mich an, sieht durch mich hindurch, mit leerem Blick.

Ein Heulen, ein Pfeifen, dann ein Grollen, als würde die Erde ihr Innerstes nach außen kehren. Unsere Armee war gekommen, um uns zu retten.

Ich konnte das Flugzeug nicht sehen, weil es zu hoch über uns war, aber aus dem dunstigen Dunkel sausten Blitze herunter, und der ganze Hof war in flammende Helligkeit getaucht. Der Tag war noch fern.

Es war, als hätte ich es geprobt. Ich wusste, was ich zu tun hatte. Ich nahm mein Kind auf den Rücken und griff nach dem Kleid, in das ich das Fluchtgeld eingeschlagen hatte. »Lauf, lauf!«

Feuerbälle wirbeln durch die Luft, und die Milizionäre schießen aus ihren Gräben in den Himmel, ohne die Bombardierung aufhalten zu können. Man brüllt uns zu, dass wir in die Bunker sollen, aber der Befehl wird ignoriert. Ich rannte durch Qualm und blutiges Chaos, lief in Richtung des Feuers und blieb doch auf wundersame Weise davon verschont.

Auf halbem Weg traf ich Buki, und sie fasste mich am Arm, während wir zusammen weiterliefen. Seit meiner Heirat hatten wir nicht mehr miteinander gesprochen, doch das spielte jetzt keine Rolle mehr. Wir mussten über Tote und Sterbende steigen. Mädchen lagen da, ihre Schreie, ihre Schreie. Motorräder, Laptops, Kühlschränke, Regenschirme, Bettfedern, alles flog in die Luft und landete in grotesken, wirren Haufen auf den Toten. Das Letzte, was ich in diesem flammenden Inferno noch von dem verhassten Lager sah, war die schwarze Flagge mit den weißen Schwertern darauf, in Fetzen gerissen.

Mahmoud hatte Wachdienst. Diese Aufgabe hatte man ihm zugewiesen, da sein Bein amputiert worden war und er nicht mehr kämpfen konnte. Wir hatten seit der Nacht, in der er mir seinen Verrat gestanden hatte, nicht mehr miteinander gesprochen. Er schlief in einer Hütte neben dem Wachhäuschen und wechselte sich im Wachdienst mit Musa, dem Mechaniker, ab. Er hatte das Kind noch nie gesehen. Ihren Namen hatte die Kleine von mir bekommen. Babby.

»Lauft, lauft«, sagte er und verpasste Musa, der uns aufzuhalten versuchte, einen so heftigen Schlag, dass er taumelte.

Wir waren draußen.

Über einen Graben und in den Wald, die erste Grenze. Es war dunkel, besonders da, wo die Äste über uns ineinander verflochten waren. Die Pfade waren unwegsam, unberechenbar, aber wir rannten mit einer Geschwindigkeit, die wir nie für möglich gehalten hätten. Unsere Beine katapultierten uns vorwärts.

Wir waren sehr weit gelaufen, bevor wir uns schließlich unter ein paar Bäumen fallen ließen. Unter uns verrottetes Laub, über uns grüne Blätter. Unsere Herzen hämmerten. Babby schlief, wie tot. Wir brachten kein Wort heraus. Ein Vogel mit kastanienrotem Bauch zwitscherte unablässig, während er vor uns auf dem Boden stand und uns beäugte. Dicke Tränen tropften uns aus den Augen. Schließlich flüsterte Buki: »Wir sind frei … Wir sind frei.« Seit jenem lang zurückliegenden Morgen, an dem die drei Mädchen weggebracht wurden, um als Bräute verkauft zu werden, war uns das Wort *frei* nicht mehr über die Lippen gekommen. Von den Blättern rann immer noch Wasser, und wir hoben das Gesicht, um uns erneut taufen, uns reinwaschen zu lassen. Diese Bäume hatten etwas so Wohltuendes, etwas Schützendes, ganz anders als die Tamarinde, unter der wir hatten sitzen müssen.

Wir waren leicht hysterisch. Wir küssten die feuchte, moosige Rinde, pressten dankbar die Stirn dagegen.

Aus der Schultertasche, die sie im Garten verwahrt hatte, nahm Buki jetzt Sachen heraus. Sie musste über ihre eigene Umtriebigkeit lächeln. Sie hatte immer daran geglaubt, dass unsere Armee kommen und ihr die Flucht gelingen würde. Jeden Abend verstaute sie in der Tasche, was sie gerade hatte stehlen können, und füllte eine Wasserflasche aus der Zisterne des Emirs in dessen Privatgarten.

Sie hatte Nüsse, eine Handvoll Körner und ein Stück Brot dabei, das sie in drei Stücke brach. Auf jemanden, der uns von oben betrachtete, hätten wir wahrscheinlich verloren und unbedeutend gewirkt, aber wir fühlten uns wie Sieger. Babby lutschte an ihrem Stück Brot, ihrer einzigen Nahrung. Aus Grasbüscheln und Moos machten wir uns Kissen, denn die verzweigten Baumwurzeln waren dünn und hart. Buki und Babby schliefen bald tief und fest, aber ich konnte nicht schlafen. Ich horchte nach den Lastwagen, die doch bestimmt auf der Suche nach uns durch den Wald kommen würden. Dann, im Halbschlaf, gehe ich über den ausgebombten Hof und sehe, wie sie ihre eigenen Toten hochheben, um sie zu begraben. Ich sehe meine Freundinnen benommen und verstört herumlaufen, suchend, ohne dass sie wüssten, nach wem oder was, doch mit dem Wissen im Herzen, dass sie mit ihrem Körper teuer für diese Bombardierung werden bezahlen müssen. Fest eingeschlafen, träume ich dann von Mahmoud, seinem verstümmelten Leichnam, nun frei von jeder Verpflichtung, wiedervereint mit seiner Mutter und seinem geköpften Cousin.

Die Nacht brach plötzlich herein, huschende Schatten, die dichter, kompakter wurden. Die Luft war von Geraschel erfüllt, von Scharren und Kreischen und den Schrecken der Nacht. Buki hatte sich auf die Suche nach etwas Essbarem gemacht. Sie war schon lange weg. Auch meine Gedanken waren dunkel. Ich war allein. Was, wenn sie nicht mehr zurückkommt, dachte ich. Wenn sie sich auf einem dieser verschlungenen Wege, die überall- und nirgendwohin führten, verirrte. Was, wenn wir die Teerstraße nie erreichten. Ich hielt Babby. Es war schwer zu sagen, wer hier Mutter und wer Kind war.

»Es gibt was zu futtern«, sagte Buki fröhlich, als sie mit Büscheln von Datteln zurückkam, die noch an ihren dünnen Zweigen hingen. Wir aßen im Stehen. *»Dabino. Dabino.«* Wir stopften uns voll. Ich fütterte Babby von Mund zu Mund. Es war das erste Mal, dass sie etwas Süßes kostete. Sabbernd verlangte sie nach mehr. Mehr. Ich liebte sie nicht genug. Wie hart ihr Leben gewesen war, schon seit dem Moment, wo diese herzlosen Hebammen sie in die Welt geholt hatten.

Unser Plan war, nachts zu laufen und immer tausend Schritte zu zählen. Das hatte ihr ein Gärtner geraten, der ab und zu aus dem Dorf gekommen war. Allerdings sagte sie, dass wir singen würden, anstatt zu zählen. Der Text kam ihr leicht und munter über die Lippen.

Mary come to house oo
Mamma say »Na wetin?«
Mary say »Na fever.«
Mama call the doctor.
Doctor say »Na fever!!!«
Mama boil some water oo
Mary go to bath oo
Hot water, hot water,
Make Mary die!!!
Hot water, hot water,
Make Mary die!

Wir folgten dem Weg, der uns am verlässlichsten schien, aber wie hätten wir das beurteilen können. Wir konnten ja kaum die Hand vor Augen sehen. Große, dicht gedrängte Bäume, unter denen sich die Dunkelheit ballte, heruntergefallene Äste, überhängende Zweige, Pulks von Dornenbüschen, die an unseren Beinen rissen.

Plötzlich flitzte etwas Pelziges über meinen Fuß. Ich spürte die Pfoten mit den langen Krallen und den peitschenden Schlag seines Schwanzes, während es kreischte. Ich kreischte auch. Dann das Gebrüll eines Tiers, ein rachedurstiges Gebrüll, Warnung für die anderen Tiere ringsum. Sie antworteten. Anscheinend war es in eine Falle geraten, und die anderen Tiere reagierten. Vögel flogen erschrocken aus den Bäumen auf, einige mit ihren Jungen im Schnabel, und dann lief ein ziemlich großes Tier an mir vorbei, das eine schwere Falle an den Hinterbeinen mitschleifte. Buki war nicht bei mir. Sie war vorausgegangen. Als ich Babby fester auf meinen Rücken binden wollte, fiel ich vornüber, griff in Erde, in Schmodder. Ein paar Blätter zitterten noch, ansonsten war alles still, wie ausgeplündert. Ich weinte hilflos. Nach einer Weile, die mir sehr lang vorkam, kehrte Buki zurück. Auch sie war verdreckt.

»Tut mir leid«, sagte ich, denn mein Kreischen hatte den ganzen Aufruhr verursacht.

»Wir laufen nicht mehr nachts … Ab jetzt sind wir hilflose Lämmchen«, sagte sie und hievte Babby und mich hoch. Aneinandergeklammert standen wir da, dann taten wir im ungleichmäßigen Licht des verschleierten Mondes zusammen die ersten Schritte, wateten durch den Schlamm, bis wir zu einem Weg kamen, der zwischen großen Felsen verlief. Er öffnete sich auf ein weites Felsplateau, das sich bis in die Ferne erstreckte. Da und dort wuchs Gras, und es gab Höhlungen, in denen man Schutz suchen konnte. Hier würden wir den Rest der Nacht verbringen.

Ich sank in tiefen Schlaf, und gleichzeitig dachte ich: *Jetzt ruhen wir uns aus und fassen wieder Mut, um weiterzugehen.*

In einem Traum sah ich das Dach unseres Hauses, dort, wo es an den Kornspeicher angrenzt, der geerntete

Mais war zum Trocknen ausgebreitet. Würde ich rechtzeitig zu Hause sein, um beim Stampfen zu helfen? Im nächsten Traum sitzt meine Mutter in der Mitte eines geschäftigen Markts auf einem Stuhl, einen Teller mit Essen auf dem Schoß. Sie schämt sich. Sie hat ein abgetragenes, ärmelloses braunes Kleid an. *Aber du magst Braun doch gar nicht,* sage ich. Sie sagt mir, das Kleid sei eine Spende. Wir sind also ärmer als zu der Zeit, als ich noch da war. Ein Polizist bittet sie gerade, meinen Vornamen, unseren Familiennamen und mein genaues Alter zu bestätigen. Als sie zur Antwort ansetzt, wird sie nervös, und der Teller rutscht ihr vom Schoß. Ich schrecke aus dem Schlaf. Etwas schlägt auf meine Brust. Es ist Babby, ihre Fäuste hämmern auf mein Brustbein, als wollte sie es aufklopfen. Sie scheint mich anzuflehen, zu sagen: *Ich weiß, dass da nicht viel Milch ist, ich weiß, dass da keine Milch ist, aber ich möchte gehalten werden.* Ich halte sie fest, fester. Ihr Seufzen berührt mich am meisten, so klagend, so traurig, wie von einem sehr alten, traurigen Menschen. Ich fahre mit dem Finger über ihr Gesicht, die Haut ist seidig und jetzt feucht, eine Nachtblume, die sich bei Tag verbirgt. Dann stecke ich ihr zwei Finger in den Mund und betaste ihr Zahnfleisch, aus dem einmal die Milchzähne wachsen werden.

»Es wird alles besser«, sage ich ihr. Ich glaube, dass sie das sogar weiß. Auf ihre kindliche Art scheint sie zu erfassen, was geschieht.

Morgennebel waberte über den Boden. Wir marschierten hindurch. Stampften darüber. Der Schlaf hatte uns zielstrebig gemacht. Wir kamen an einer Lichtung vorbei, wo schwarzes Wasser träge aus einem matschigen Loch quoll, untrinkbar. Buki sagte, unten im Tal würden wir ganz sicher eine Wasserstelle und Flüsse finden. Sie hatte von ihrer Schulzeit geträumt und von der netten Lehrerin, die ihnen jeden Freitag eine Fabel vorgelesen hatte. Im Schlaf war ihr die Fabel in genau den Worten wieder eingefallen, in denen sie damals erzählt wurde:

Uban da dansa. Väter und Söhne.

Es war einmal ein Bauer, dessen neu bepflanzte Felder nach und nach von Tieren verwüstet wurden. Eines Abends stellte er den plündernden Tieren eine Falle, in der Hoffnung, dass ihm das zugleich auch Nahrung verschaffen würde. Als er am nächsten Morgen nachsehen ging, fand er unter dem Netz sechs Ziegen und einen Hund. »Lass mich frei, ich bitte dich«, rief der Hund dem Farmer zu, »ich habe weder von deinem Getreide gefressen, noch habe ich dir etwas getan. Ich bin ein armer, unschuldiger Hund, wie du vielleicht siehst – ein pflichtbewusster Vater –«, doch der Bauer fiel ihm ins Wort. »Das mag alles stimmen, aber ich habe dich mit denen zusammen gefangen, die meine Ernte zerstört haben, und deshalb musst du auch mit ihnen zusammen büßen.«

Wir sahen etwas Sonderbares. Es war an einem Bach, der nur wenig Wasser führte, und das bisschen, das noch da war, wurde vom Schilf aufgesogen. In der Mitte lagen schwarze und weiße Steine dicht beieinander. Ein spindünner Mann saß auf einem Baumstamm. Er war in ein schmutziges Laken gehüllt wie in einen alten Morgenmantel und hatte zum Schutz vor der Sonne eine Plastiktüte auf dem Kopf. Er hielt eine leere Flasche in der Hand, umklammerte sie mit der Bedürftigkeit eines Kindes. Erst dachten wir, er sei tot, aber seine Augen stierten aus seinem rasierten Schädel, musterten uns. Wir knieten nieder, um ihm Achtung zu erweisen, aber das wollte er nicht, also standen wir wieder auf.

»Ist hier irgendwo in der Nähe ein Dorf, Onkel?«, fragte Buki. Sie musste es dreimal wiederholen. Er sah sie mit kaltem, verächtlichem Blick an.

»Wir versuchen nur nach Hause zu finden, Onkel«, sagte sie in bittendem Ton.

»Da drüben«, sagte er und winkte uns mit seinem knochigen Handgelenk fort.

In der Nähe stand ein Baum, in den der Blitz eingeschlagen hatte. Nicht eine einzige Knospe, nicht ein einziges Blatt hing mehr daran. Die Äste waren ausgeblichen, und darunter lag das Gerippe eines Tiers. Es hatte keinen Geruch.

Als wir weiter ins Tal hinuntergingen, sah Buki etwas, das aussah wie ein kleiner Hain, und rannte hin, um es sich genauer anzusehen. Jemand, vielleicht einfach die Natur, hatte versucht, einen kleinen Obstgarten anzulegen. Mangos hingen in kleinen Trauben, Wange an Wange, an dünnen, herabhängenden Zweigen. Sie hatten nicht die rötlich goldene Schale der Mangos auf dem Markt bei uns zu Hause, aber wir aßen sie trotzdem. Sie schmeckten sauer, wie eingelegt.

Wir schauten, ob wir noch etwas Besseres finden konnten.

Aus einem riesigen Baum waren drei kleinere Bäume ausgetrieben, darüber war ein großes Loch im Stamm, wie ein aufgerissener Mund.

»Nicht«, sagte ich, aber ihre Hand war schon drinnen, wühlte und warf Zeug heraus, Zweige, totes Laub, einen braunen Schnabel, einziger Überrest irgendeines Vogels, der sich dorthin zurückgezogen hatte. Als Letztes zog sie ein paar Stücke einer gelierten Masse heraus, die sie hochhielt. Im Licht sahen sie aus wie die gelblichen Anhänger einer Halskette. Sie kostete davon. Ich auch. Sie schmeckten medizinisch. Babby spuckte ihr Stückchen aus. Buki nahm sie auf den Arm und sagte, sie würden jetzt auf die Jagd gehen. Sie war verspielter als ich, und insgeheim ärgerte es mich, dass Babby sie lieber mochte als mich. Tief unter der schrundigen Rinde eines anderen Baums fand sie bernsteinfarbene Kapseln, die einen Tropfen Saft mit köstlich herbem Geschmack enthielten.

Es war ein noch nicht lange verlassenes Armeelager. Alte Kleider, Socken, leere Patronenhülsen lagen herum. Es gab auch eine Wasserstelle mit metallenem Schöpfbecher, allerdings floss kein Wasser. Buki drehte das Rad, und wir warteten, hörten es tröpfeln, dann schoss das Wasser heraus, aus den reichen Tiefen der Erde. Wir tranken Becher um Becher.

Weiter hinten befanden sich die Überreste eines Gebäudes, in dem wohl einmal Tiere untergebracht gewesen waren, und ein Anbau mit offener Veranda. Die Veranda stand voller Kisten, Metallkisten, in die silbern glänzende Buchstaben eingraviert waren: MRE. *Meals ready to eat.* MEALS: READY TO EAT.

Wir schauen in eine Kiste nach der anderen, sie sind alle leer. Aber irgendetwas sagt Buki, dass es sich lohnt weiterzusuchen, und als sie wiederkommt, schwenkt sie einen Plastikbeutel, in dem ein weiterer Beutel steckt, der ebenfalls silbern beschriftet ist: *Bohnen mit Würstchen.* Eine kleine Zeichnung erklärt, wie das Ganze funktioniert. Man soll an einer Schnur ziehen, die von der einen Seite herunterhängt, und wenn das richtig ausgeführt wird, öffnet sich der äußere Beutel, und die Temperatur im Innern verwandelt sich von eiskalt zu der gewünschten Wärme. Die Erwärmung soll zwanzig Minuten dauern. Aber das ist uns zu riskant. Alles Mögliche könnte schiefgehen. Lieber essen wir das Zeug kalt. Buki reißt an einer Lasche oben am Beutel, doch die ist fest verschweißt. Wir versuchen es mit den Zähnen, nagen und beißen, bis Buki schließlich einen Stein holt und Löcher in die Folie haut. Kleine Eissplitter fallen heraus. Die Bohnen sind von Tomatensoße überzogen, und die dicken Würstchen sind in kleine Stücke geschnitten. Wir stopfen uns voll.

Wir finden Schutzbrillen, setzen sie auf, spazieren damit herum und führen Gespräche mit imaginären Offizieren. Als Babby uns so übermütig sieht, will sie auch spielen. Sie hat keine Lust zu schlafen. Sie plappert vor sich hin und greift nach unseren Händen, um sich in die Luft schwingen zu lassen. Sie ist hellwach, also müssen wir uns mit ihr abwechseln. Buki versteckt einen Stein in einer Hand, und ich muss raten, in welcher er ist. Ich darf als Erste eine Stunde schlafen. Ich finde einen alten Armeemantel mit großem Kragen und wickele mich hinein.

Ein heulender Wüstenwind zerrte an uns, warf uns hin und her, blies uns den Sand der Sahara ins Gesicht, in die Augen. Nicht einmal schreiend konnten wir uns mehr verständigen. Babby rutschte mir vom Rücken wie ein loses Gepäckstück. Ich meinte Buki etwas rufen zu hören, doch es war zu spät. Ich fiel in einen dunklen Schlund. Auch sie geriet auf dem sackenden Sand ins Rutschen, als sie mich festzuhalten versuchte, und fiel. Unsere Rufe gingen in Schwallen von Sand unter. Sie tastete die Wände um uns herum ab, um herauszufinden, ob sie irgendwo hochklettern könnte, aber die dünnen Grasbüschel, nach denen sie griff, lösten sich.

Sie findet einen Bereich, wo Sand und Schlamm sich verbunden haben und etwas besser Halt geben. Dort scharrt sie Kerben in die Wand, nicht tief, nur so, dass sie die Füße ansetzen und hochklettern kann. Vier insgesamt. Sie wird als Erste hochsteigen, dann werde ich ihr Babby reichen, und als Letzte folge ich.

»Es geht nicht anders.« Mehr sagt sie nicht.

Ich sehe, wie sie die Fußspitze in die erste Kerbe setzt, wie die Ferse zittert. Ihr anderer Fuß sucht die zweite Kerbe, findet sie, und in der vierten hält sie inne. Sie versucht, munter zu wirken, als sie da oben steht wie eine Seiltänzerin, die im Zirkus ihr Publikum unterhält. Dann greift sie nach oben, tastet nach dem Rand, hievt sich mit vorsichtigem Schwung hoch und ruft zu mir herunter. Als Nächste kommt Babby an die Reihe. Ich ziehe mein Kleid aus und wickele sie fest darin ein. Dann recke ich mich auf Zehenspitzen nach oben, höher, höher, während Buki sich herunterbeugt und die Arme ausstreckt, um sie zu erreichen. In dem Moment, wo ich sie hochwerfe, höre ich Babby schreien, ein Schrei des Erstaunens.

Jetzt bin ich dran. Ich schäme mich für meine schreckliche Angst. Ich trete in die erste, dann die zweite Kerbe, taste nach der kleinen Vertiefung der dritten und der vierten. Dort hänge ich fest, bis mir etwas auf der Kehrseite der Angst Mut macht und mich weitertreibt. Ich will nur eins, nämlich Bukis Fingerspitzen auf meinen Händen spüren und wissen, dass ich in Sicherheit bin. Ich mache eine falsche Bewegung. Impulsiv, mein Verstand war ausgeschaltet. Ich rutsche ab.

Ich höre Buki keuchen, sie zieht und zerrt, versucht mich hochzuhieven. Die Sandwand, in die ich mich kralle, bröselt. Ich finde keinen Halt. Es kann nur noch Minuten dauern, bis diese Wände herunterbrechen. Sie ruft nicht mehr, hat keinen Atem mehr in sich, zieht nur noch mit aller Kraft, bis mein Kopf endlich über der Kante ist und mein Gesicht auf die Erde sinkt. Der Wind hat sich gelegt. Buki steht über mir, schwach vor Erschöpfung.

»Tut mir leid«, bringe ich schließlich über die Lippen.

»Du bist hier«, sagt sie lächelnd.

Es war ein Wissen, Spüren und Verzeihen, wie man es sich schöner nicht vorstellen kann.

Wir müssen Wasser finden, um uns zu waschen, denn wir sind sandverkrustet. Wir gehen sehr weit und kommen endlich zu einer Wasserstelle, wo eine Kürbisflasche an einem Draht hängt. Zuerst trinken wir. Es schmeckt nach Lehm und Organischem. Aber wir sind so durstig, dass wir trotzdem trinken, gierig schlürfen wir das Wasser. Und Babby schlürft ihres. Wir waschen sie, dann gießen wir uns abwechselnd Wasser über den Körper. Wir waschen unsere Kleider und hängen sie zum Trocknen in einen Baum.

Wir sitzen schon eine Weile da, als wir über uns am Himmel plötzlich etwas hören. Ein schwaches Geräusch, wie fernes Bienensummen. Wir sind nackt, so wie das erste Menschenpaar in der Bibel. Die Maschine, auf die wir ab und zu einen Blick erhaschen, gleitet kaum hörbar durch die Luft, wie ein Segelflugzeug. Sie schwenkt in unsere Richtung. Wir wissen, dass es nicht die Milizionäre sind, denn die haben keine Flugzeuge, also hüpfen wir auf und ab, sorglos vor Glück. Wir ziehen unsere Kleider vom Baum herunter und schwenken sie, wild und ausgelassen. In fast lautlosem Sinkflug überfliegt die Maschine einen Waldstreifen und hält auf eine Lichtung zu, die oberhalb von uns liegt. Wir sind schon heiser vom Schreien. Und dann, als wir gerade denken, dass sie landen wird, dass gleich Männer mit Decken herbeieilen müssen, werden unsere Hoffnungen zunichte. Sie biegt ab, erst unter ein paar flache Wolken, dann taucht sie ganz in die Wolkenbank ein und verschwindet wieder in die Ferne, aus der sie aufgetaucht ist. Sie war nicht wegen uns gekommen. Buki vermutete, dass es wohl eine Drohne gewesen war. Länder aus der ganzen Welt schickten Drohnen in andere Länder, um zu spionieren. Es waren einfach nur Maschinen, die Informationen sammelten und sie dann über Satellit in ein fremdes Staatsgebiet schickten.

»Da saß niemand drin«, sagte sie.

»Warum ist sie dann gekommen?«

»Die durchkämmen den Himmel ... das ist eine neue Kriegstaktik.«

»Hat sie uns denn gesehen?«

»Für uns interessieren die sich nicht.«

Die Hände vor unseren verschüchterten Körpern, standen wir da und schämten uns.

Wir kamen um eine Biegung und sahen etwas, das wir niemals wiederzusehen gehofft hatten. Der alte Mann war nicht mehr da, der Bach fast ausgetrocknet, die Steine glimmerten in der Hitze. Das Schilf war vergilbt und durstig. Sie war wütend. Sie machte sich Vorwürfe. Wie hatten wir so in die Irre gehen können.

»Wir dürfen uns nicht streiten«, sagte ich.

»Wir streiten uns doch gar nicht«, sagte sie. Dann ging sie zu dem Baum, in den der Blitz eingeschlagen hatte, fest entschlossen, auch noch den letzten Ast abzubrechen. Er wollte nicht abgehen. Sie zog und riss daran. Ließ nicht locker, bis ihre Finger bluteten. Was sie schließlich in der Hand hielt, war ein Stecken, das Holz am Ende weiß und splitterig. Sie schwang ihn wild durch die Luft und haderte mit dem Schicksal.

»Lass uns nachdenken«, sagte ich.

»Worüber denn?«, antwortete sie scharf und ging weg.

Das Schlimmste war die Wiederholung, die gleichen großen Bäume, die gleichen Baumkronen, durch die nur hier und da etwas Licht drang, die gleichen Dornenbüsche, der gleiche ausgedörrte Boden, wo kein Schatten war, und wir kurz vorm Verdursten. Nie seit Beginn unserer Flucht waren uns dieser Wald, diese Bäume, dieser sich wölbende Himmel so fremd, so bösartig, so erbarmungslos, so gleichgültig erschienen. Wir standen an der Schwelle des Todes und wussten es.

Als Buki zurückkam, konnte ich sehen, dass sie sich

die Augen ausgeweint hatte. Sie starrte auf den Boden, kratzte mit dem Stecken darauf herum.

»Was willst du jetzt tun?«, fragte sie.

»Weitergehen«, sagte ich.

Während wir schweigend unseren Weg fortsetzten, fiel mir ein Schrein ein, in dem wir uns einmal spät am Abend verkrochen hatten. Er war in einem Wäldchen versteckt, eine kleine Hütte, deren Tür nicht verschlossen war. Wir waren auf Zehenspitzen hineingegangen. Drinnen herrschte heilloses Durcheinander. Brandgeruch hing in der Luft, und die Scherben zerbrochener Tontöpfe lagen herum. Wir sahen verkohlte Hühnerkrallen und verfärbte Hahnenkämme. Die Bilder waren verunstaltet. Buki sagte, der Schrein sei verwüstet worden. Sie könne erkennen, dass hier die Baumanbeter nachts ihre geheimen Rituale durchführten. Das seien gute Menschen, die niemandem etwas zuleide taten, trotzdem wolle ihnen jemand übel. Sie beteten einen anderen Gott an als wir, aber sie töteten nicht.

Draußen saßen Vögel in den Bäumen verborgen und sangen sich die Seele aus dem Leib.

»Vielleicht kommen sie ja wieder«, sagte ich, womit ich die Baumanbeter meinte.

»Nein, das werden sie nicht«, sagte sie mit schrecklicher Endgültigkeit.

Nach unserem mühsamen Fußmarsch, den Dornen, dem Hunger und der gereizten Stimmung sind wir versöhnt. Eine Ahnung von Glück tut sich auf. Als hätte es auf uns gewartet: ein verfallenes Häuschen, von wilden Gräsern umwuchert, auf dem Dach spross schwärzliches Schilf. Ein kaputter Stuhl stand draußen, als hätte bis eben noch jemand darauf gesessen. Die Tür war aus den Angeln gefallen.

Buki entdeckte es. Ich war stehen geblieben, um Babby zu füttern, und plötzlich hörte ich sie durch eine Barrikade von Bäumen hindurch rufen, ihr freudig drängender Ton überraschte mich, denn sie war in letzter Zeit ziemlich mürrisch gewesen.

Wir standen auf der Schwelle, zögerten, doch dann gingen wir hinein. Das Dach war undicht, das stete Tropfen des Wassers auf den Lehmboden eine anhaltende Beschwörung. Alles war von Schimmel überzogen, eine pelzig-graue Schicht an den Lehmwänden, Küchengeräte und Teller lagen durcheinander, auf dem schmalen Bett ein Überwurf in traurigem Orange. Sie fand einen Binsenkorb voller Krimskrams, eine Schere, eine herausgerissene Seite aus einer Zeitschrift, auf der Farbtöpfe abgebildet waren, darüber das Wort *Wohnideen.* Eine völlig eingestaubte Decke. Sie erspähte einen zerdrückten Herrenstrohhut und setzte ihn Babby auf den Kopf. Eine Armbanduhr lag herum, die Buki erst sich, dann mir ans Ohr hielt, einen Moment lang tickte sie sogar. Dann hörte sie wieder auf. Wir entdeckten ein Feuerzeug mit leuchtend rotem Gehäuse, der Docht zerrissen und rußig. Buki drehte immer wieder an dem Rädchen, bettelte um wenigstens einen winzigen Funken. Eine grüne Kerze steckte auf einer großen Flasche, deren Öffnung mit grünem Wachs verkrustet war. Aber wir hatten keine Streichhölzer.

Draußen standen zwei Wassertonnen, die überliefen, und von den Hügeln kam ein kleiner Bach. In einem Schuppen fanden wir eine Schaufel, eine Hacke, einen groben Besen und einen Jutesack mit Grassamen.

In dem hellen, sonnigen Garten wucherte das Unkraut, und die verrotteten Äpfel auf dem Boden waren voller Würmer. An den Zaunpfosten hatte jemand bunte Wollfäden, Stoffblumen und das Stanniolpapier einer Schokoladenverpackung befestigt, um Raubtiere abzuschrecken. Es gab ein ordentlich angelegtes Beet, auf dem hier und da die lila Blüten von Kartoffeln zu sehen waren. Buki kniete sich hin und zog ein paar Stängel aus dem Boden. An einigen hingen kleine Büschel erdverkrusteter Kartoffeln. Sie schüttelte die Erde ab, dann zählte sie die Knollen. Einige teilweise umgefallene schwarze Pfosten erinnerten an die liebevollen Bemühungen des Besitzers. Er hatte versucht, blühende Sträucher zu pflanzen, doch davon waren nur schwarze Blätter und der gelbliche Blütenstaub von Heckenrosen geblieben.

Wir machten uns daran, die Küche zu säubern. Wir schrubbten den Boden, den auf Böcken stehenden Tisch, den kaputten Stuhl und die verschiedenen Küchengeräte. Wir fuhren mit dem Besen über die Wände, bis kein Schimmel mehr zu sehen war und sie wieder ihre eigentliche bräunliche Farbe hatten. Beim Teppichklopfen wechselten wir uns ab. Wir schlugen wie wild auf den Teppich ein, als prügelten wir die Männer, die uns gefangen gehalten hatten, und je mehr sie um Gnade flehten, desto heftiger schlugen wir mit unserem Besen- oder Schaufelstiel zu. Wir wuschen Babby in einer alten Wanne, dann wuschen wir uns selbst, vergnügt und zitternd zugleich, und zum Schluss wuschen wir uns die Haare und ließen sie an der Sonne trocknen.

Das Feueranzünden musste Buki erst allein üben. In ihrer Kindheit waren Jungen und Mädchen samstags zusammen in den Wald gegangen, um Abenteuer zu erleben. Die Jungen jagten Hasen und Kaninchen, die Mädchen suchten Schnecken. Dann machten sie Feuer, indem sie Steine aneinanderrieben, und der Junge, der das besonders gut konnte, hielt sich für Mr Superman. Die Schnecken, erinnerte sich Buki, waren köstlich gewesen, besser als zu Hause, wo sie in der Pfanne zubereitet wurden.

Ich saß draußen auf dem kaputten Stuhl, mit Babby auf dem Schoß. Ich hatte lange keinen Sonnenuntergang mehr betrachtet, doch bei diesem sank eine kupferne Kugel in einem Himmel, der von purpurroten Streifen durchzogen war. Ich hatte das Gefühl, er finde eigens für uns statt.

»Schau«, sagte ich zu Babby. Sie zeigte mit dem Finger darauf und guckte, blieb aber gleichgültig.

Kurz vor Einbruch der Dunkelheit kam Buki wieder, einen Vorrat an Steinen in ihrem Wickelkleid. Wir sahen zu, wie sie mit der Kante eines Steins gegen die Seite eines anderen schlug, so lässig, als risse sie ein Streichholz an. Sie hatte offenkundig geübt. Ein kleiner Funke erschien, zu schwach und unentschieden, um sich zu halten, aber andere warteten schon. Goldene Stecknadelköpfchen, die aufflammten, als sie darauf blies, und im Schutz ihrer gewölbten Hände zu dem Holz gelangten, das sie bereits aufgeschichtet hatte. Längliche Flammen schossen hoch, orange und blau und violett, knisterten und nährten einander.

Show me the diamonds
Show me the gold
Call me the answer
Oh yeah
Call me anywhere
I don't have a care
This is my world

Buki ist nicht zu bremsen, ihr Gesicht leuchtet im Feuerschein, die Augen groß und schwarz, eine schmelzende Schwärze. Sie tanzt einen langsamen, trägen Tanz, und Babby tapst hinter ihr her. Funken fliegen, und die alten, kranken Bäume mit ihren wuchernden weißen Bärten erwachen durch das lodernde Feuer knarrend zum Leben.

»*Oh pretty baby, oh pretty baby, oh pretty baby, yeah.*« Die Worte sind plötzlich wieder da, mitsamt der Aufregung jener ungehörigen Nächte. Ungefähr alle sechs Wochen, wenn ihr Vater und die Nachbarn zum Fischen an den Tschadsee fuhren, wurde sie zu ihrer Großmutter geschickt, um dort zu übernachten. Ein paar Cousinen waren auch dort, und sie schliefen zu dritt oder sogar zu viert in einem Bett. Um neun Uhr ging die Großmutter pflichtbewusst durchs Haus und vergewisserte sich, dass die Fenster alle ordentlich verriegelt waren, überzeugt, dass ihre kleinen Schützlinge schon bald tief schlafen würden. Doch sobald diese die Großmutter schnarchen hörten, standen sie auf. Da Buki die Jüngste und Leichteste war, musste sie als Erste vom Fensterbrett springen, und dann nutzten die anderen ihre Schultern als Tritt zum Herunterklettern. Der Taxifahrer, ein Bekannter, war angewiesen, nie zu hupen, sondern einfach zu warten, bis sie herauskamen. Im Außenbereich von Bars oder in Biergärten fanden improvisierte Tanzveranstaltungen statt, und der Taxifahrer wusste immer, wo gerade etwas im Gang war. Normalerweise fuhr er alte Leute zur Kirche, junge Mädchen zu fahren war seine Belohnung. Er hatte Augen für sie alle. Er war Witwer und sagte jedes Mal zu ihnen: »Vielleicht braucht eine von euch ja einen Freund«, woraufhin sie immer lachten und so taten, als hätten sie ihn nicht verstanden. Sie waren übermütig, teilten ihren einen Lippenstift, zogen sich Schuhe an, während er über die dunklen, holprigen Straßen fuhr, meinten schon von ferne die Stimme des Discjockeys zu hören, dieses Casanova mit seinem silbernen Bolerojäckchen und dem Stapel Schallplatten, meinten ihn rufen zu hören, sie persönlich. »Schnell, schnell, schnell!«

Show me the diamonds
Show me the gold
Call me the answer
Oh yeah
Call me anywhere
I don't have a care
This is my world

Auf dem Tanzboden kamen sie sich vor wie im Himmel. Mochten es auch nur ein paar großzügig eingeölte Bretter auf einem Feld sein, neben denen im Licht einer einzelnen Petroleumlampe ein Junge mit einer Plastikschüssel saß und kassierte. An einem dieser Veranstaltungsorte hingen noch ein paar Wimpel, Überbleibsel von einer Wahlveranstaltung zwei Jahre zuvor. Das ganze rührselige Drum und Dran der Liebe nahm an diesen Orten seinen Anfang, und oft fanden sie sich da, wo das Licht nicht mehr hinreichte, in den Armen von Fremden wieder, von denen sie ungehörige Dinge gesagt bekamen.

Der Fahrer saß am Rand und hielt sich den ganzen Abend an dem einen Bier fest, das sie ihm spendiert hatten. Er trank langsam. Genoss. Die schnulzigen Songs, die strahlenden Gesichter, die aufeinander reagierenden Körper und vor allem die Vorfreude auf den Kitzel, den er erleben würde, wenn er sie nach Hause brachte. Denn da hob er sie einzeln erst von der Straße über den Zaun und dann vom Garten aus auf das Fensterbrett und bekam von jeder ein flüchtiges Küsschen. Buki war insgesamt fünf Mal dabei gewesen.

Talking to the devil, talking to the Lord,
Going to heaven, going to hell.

Urplötzlich verwandelt sich Bukis Fröhlichkeit in etwas anderes, etwas Manisches. Sie gleicht einem Derwisch. Ich sehe jähen Schrecken. Eine dunklere Erinnerung hat von ihr Besitz ergriffen – die Grube, die Pferde, das Gesicht ihres Vaters, die unendliche Traurigkeit des verwehrten Abschieds. Ich halte sie. Sage ihr, dass alles wieder gut wird. Sie kann bei uns leben. Ich male es ihr aus: mein Vater und meine Mutter, die mit Tränen in den Augen in der Tür stehen und uns empfangen, uns aus tiefstem Herzen willkommen heißen. Mein Bruder Yusuf in seinem blauen Hemd und den gestreiften Hosenträgern nur ein paar Schritte hinter ihnen, mit scheuem, zögerndem Blick. Das schlimmste Dunkel liegt hinter uns. Die Teerstraße kann nicht mehr allzu fern sein. Der Teer wird blau sein und sich weich anfühlen, von derselben Farbe wie Yusufs Augen, einem nach innen tiefer werdenden Blau, weich und gefühlvoll. Ich rief ihn. *Yusuf. Yusuf.* Er antwortete mit der Haltung eines Bräutigams. Dann verschwand er.

Buki und ich standen vor der Hütte, still und niedergeschlagen. Wir waren gereizt. Die Sonne war schon aufgegangen, stand sengend über dem Plateau, und die Blätter waren schlaff von der Hitze. Da war nichts, niemand. Gott hatte uns verlassen. Ich hielt Babby. Buki hielt Babby. Doch an einem Ort des Hungers kann man ein hungriges Kind nicht beruhigen. Buki gab ihr etwas. Es war der weichste Teil der Wurzel, die sie ausgegraben hatte. Babby kaute darauf herum und spie sie dann angewidert wieder aus.

»Heul doch. Heul. Heul. Heul, bis du blau wirst. Es ist niemand da. Niemand zu Hause. Es gibt keine Mutter. Alle Mütter sind tot.«

»Nicht, Maryam … Nicht«, sagte Buki in tadelndem Ton. Ich schluckte meine Tränen herunter, schämte mich. Was war mit dem Mädchen passiert, das ich einmal gewesen war. Es war fort. Ich hatte keine Liebe mehr in mir. Ich wollte sterben. *Ich will sterben,* flüsterte ich. Ich wusste nicht, was ich sagte. Ich wusste nicht, wie nah der Tod sein konnte, dass er über uns schwebte.

»Ich mache mich auf die Suche nach etwas zu essen«, sagte Buki und ging los. Ich antwortete nicht.

Ich habe von diesem Tag nicht mehr viel in Erinnerung, außer dass er verstrich und dass Babby sich die Augen rieb, die juckten und brannten, und sich ein paarmal in den Schlaf weinte.

Es wurde Abend, und wir saßen am Tisch, wollten essen. Buki war mit Wasser und einer orangegelben Frucht zurückgekommen, die sie schälte und in Stücke schnitt. Das Fruchtfleisch löste sich nicht ganz von dem ovalen Stein, und sie hob ihn auf, um Sirup zu machen.

Es geschah ganz plötzlich. Die Feindseligkeit vom Morgen war wieder da. Diese Frucht war Manna für uns. Wir hatten rasenden Hunger, doch wir hatten sie noch nicht angerührt. Stattdessen stritten wir darüber, wie sie genannt wurde. Buki sagte eines und ich etwas anderes. Wir waren beide stur und steigerten uns immer mehr hinein, keine wollte nachgeben. Denn nachzugeben hätte geheißen, Macht aufzugeben. Aber was war das schon für eine Macht, hier in unserer ganzen Verlorenheit. Vorwürfe flogen hin und her.

»Du liebst dein Kind nicht genug, dauernd schreist du sie an«, sagte sie plötzlich.

»Du bist doch bloß eifersüchtig«, erwiderte ich.

»*Du* bist eifersüchtig … Und außerdem bist du konvertiert«, sagte sie gehässig.

»Ich bin nicht konvertiert, und er hat mich auch nicht dazu gedrängt«, sagte ich. Sie hatte einen Groll auf ihn, weil er uns getrennt hatte, und würde es nie verstehen, dass er der Sekte beigetreten war, um seine Familie vor dem Verhungern zu retten.

»Er hat uns das Leben gerettet«, schrie ich, so laut, dass sogar Babby zusammenzuckte.

Und dann tat Buki etwas Grausames. Sie nahm die Schale mit den Fruchtstücken, trat an die Tür und kippte alles in die pechschwarze Nacht.

»Ich hoffe, jetzt bist du zufrieden«, sagte sie und ging hinaus.

Ich habe Hunger. Mein Speichel wird zäh, rinnt mir aus dem Mund. Ich will hinausgehen und schauen, wo sie die Fruchtstücke hingeworfen hat, will die Erde von ihnen abwischen, sie mitnehmen und drinnen essen. Warum denn nicht. Ich bin am Verhungern. Und ich habe eh schon Schmutz an mir und in mir, von dem, was sie mir angetan haben.

Sie lässt sich Zeit mit dem Zurückkommen, um zu beweisen, dass sie das Heft in der Hand hat. *Buki, Buki, wir sind uns so nah, wie sich zwei Menschen nur nah sein können, und zugleich so fern. Komm wieder herein und lass uns die Streitaxt begraben.* Mir ziehen Bilder durch den Kopf, vom Schlemmen, vom Erbrechen. Oh, wie jammervoll. *Du bist der einzige Mensch, den ich je geliebt habe, außer meiner Mutter, meinem Vater und meinem Bruder Yusuf. Als ich meine Mutter das letzte Mal sah, hat sie mir frische Unterwäsche gereicht, dann bin ich aufgebrochen, mit diesem Bus gefahren, um meine Prüfungen abzulegen. Ich hatte gerade meine erste Regel gehabt, aber sie war vorbei. Als die Männer in unseren Schlafsaal gestürmt kamen, wussten wir nicht, wer sie waren, aber das änderte sich schnell. Wir hatten von ihnen und ihrer Brutalität gehört, aber wissen kann man etwas erst, wenn man es erfahren hat. Sie hatten Dörfer geplündert und niedergebrannt und die Unschuldigen in Borno, Gwoza und Maiduguri niedergemetzelt, aber uns hatten sie verschont, zumindest glaubten wir das. Ich hatte ein sauberes Kleid. Ich hatte mein Tagebuch. Es war ein kleines Notizheft. Meine Aufzeichnungen würden eines Tages unsere Erlebnisse bezeugen, so dachte ich es mir jedenfalls. Buki, du bist mein Rettungsanker, und ich bin deiner. Komm wieder. Ich will diese grauenhafte Spannung nicht. Die Nacht ist so schrecklich.*

Sie kommt herein wie ein Gespenst, mit nassen Haaren, eine Wurzel für uns zum Essen in der Hand.

»Die hab ich gefunden«, sagte sie, aber kaum waren die Worte draußen, rann und quoll ihr Erbrochenes aus dem Mund. Kleine schwarze Bläschen erschienen auf ihren Lippen. Ihre Augen waren voller Tränen. Dann lachte sie, ein grässliches Lachen, und sank nach hinten. Ich sehe ihr schwarzes Bein vor mir und weiß sofort Bescheid. Ein Stumpf, der immer schwärzer wird, wie der verrottete Pfosten im Garten. Und schwer. Ich hole die Decke, damit sie sich darauflegen kann, aber das Fieber hat sie schon im Griff. Sie ringt um Worte. Jetzt sehe ich die beiden roten Vertiefungen an ihrem Knöchel, wo die Schlange sie gebissen hat und das Gift eingedrungen ist.

»Du stirbst nicht«, sagte ich, als könnten die Worte sie heilen.

Sie setzt sich auf, wieder klar, fast lächelnd, sieht mich mit überaus zärtlichem Blick an und sagt: »Sie rufen … sie rufen mich.« Ich wusste, was sie meinte. Im Haus meines Vaters hatte ich es schon einmal gehört, als seine Mutter am Ende ihres Lebens zu uns kam. Das Todesröcheln wird es genannt, und genau das war es auch, ein Geräusch ohne Worte.

Im Mondlicht sah sie friedlich aus, wie eine Skulptur, die Augen geschlossen und neben ihr auf dem Boden die seltsam ruhige Babby. Ich grub, als sagte sie mir, wie ich vorgehen sollte. Zum Trauern war keine Zeit. Es musste schnell geschehen. Ich hatte eine Stelle ausgewählt, die ein Stück von der Hütte entfernt lag. Zuerst war die Erde krümelig, und während ich grub, rasselte ich all die Nutzpflanzen herunter, die wir eines Tages anbauen würden – Spinat, Zwiebeln, Sorghum, Reis, Hirse, Nüsse, irische Kartoffeln, einen Gummiarabikumbaum. Doch dann stieß ich auf Stein, und sosehr ich auch mit dem Spaten kratzte und schabte, ich kam nicht weiter. *Ich kann nicht tiefer graben, Buki.* Ich legte ihr Blätter um die Taille, wie es alter Brauch war, und warf einen letzten Blick auf ihren dunklen, goldenen, ausgemergelten Körper. Dann hob ich sie hoch und legte sie hinein. Das Grab ist nicht tief genug. Sie sitzt halb, wie eine Schlenkerpuppe. Ich weine nicht. Und ich mache mir auch nicht vor, dass das Grab unversehrt bleiben wird. Ich schaufelte Erde darauf, klopfte sie fest, und dann trug ich ein paar große Steine zusammen, als Schutz. Ich hatte noch kein einziges Gebet gesprochen. Ich hob Babby vom Boden auf, fürchtete mich davor, wieder in die leere Hütte zurückzugehen. Ich glaube, sie fürchtete sich auch, denn sie deutete immer wieder auf die Stelle, auf diesen hässlichen, jammervollen Haufen Steine unter einem reifen Mond.

Sie brüllte ununterbrochen, saugte meine Verzweiflung, meine Hilflosigkeit in sich auf. Die Lehmwände warfen ihre Schreie zurück. Ich bringe sie hinaus. Ich setze mich auf den Stuhl, kratze mit einem Stock auf dem Boden herum, flehe um Erlösung. Ich rufe Buki um Hilfe an, dann Gott, dann die Heiligen, zu denen ich als Mädchen immer gebetet habe, besonders die »Kleine Blume«, bekränzt mit rosafarbenen Rosenknospen, die ihr aufs Brustbein fielen. Ihr Monat war der Juni. Ich frage mich, welcher Monat jetzt ist. Ich gebe Babby die Brust, aber da ist nichts zu holen. Dann fällt mir die Lösung ein. Vor meinen Augen schimmert das Wasser des Sees in der Sonne, genau wie beim ersten Mal, als wir es sahen. Ich hebe sie hoch, gehe hinaus. Ich plappere vor mich hin. Ich werde niemals erfahren, was ich auf diesem Weg alles sagte, und ich werde es auch nie wissen wollen.

Die alten Worte, die wir an Pfingsten gelernt hatten, waren wieder da. Ich hatte den Korb mitgenommen. Am hinteren Ende des Sees, fern von den langbeinigen Vögeln, gab es einen Wasserfall, der von den Quellen weiter oben in den Hügeln gespeist wurde. Die reinste Musik! Er würde alles an sich ziehen, auch einen Korb. Ich setzte sie hinein. Ich hatte die Worte auf den Lippen – »*Und da sie ihn nicht länger verbergen konnte, machte sie ein Kästlein von Rohr und verklebte es mit Erdharz und Pech und legte das Kind drein, und legte ihn in das Schilf am Ufer des Wassers.*«

Babby lag in dem Korb und patschte mit beiden Händen im Wasser herum. Ich sprach mit ihr, während ich mich rückwärts entfernte. Ich redete so, dass sie mich hören konnte. Ausladende immergrüne Äste ragten über den See und hatten sich dort verankert. Sie boten gute Deckung. Schoben sich zwischen sie und mich. Sobald ich oben auf der Uferböschung war, rannte ich davon.

Der stille Bann der Dunkelheit hatte sich niedergesenkt, aber in der Hütte war es nicht still. Hier herrschte Aufruhr. Dauernd hörte ich irgendetwas. Ich stopfte die Löcher in den Wänden mit Blättern zu, überzeugt, dass dahinter Feinde lauerten. Ich verkeilte die Tür mit einem Stock. Er wackelte. Ich drückte ihn so fest, dass er nicht mehr verrutschen konnte. Dann sah ich sie, mit einem weiten rosa Häubchen saß sie auf dem Boden. Ich versuchte ihr eine Decke überzulegen, aber sie wollte sich nicht umschließen lassen. Ich hatte ihr etwas zu sagen, eine Offenbarung: *Ich habe dir einen Namen gegeben. Ich habe dich Maryam genannt. So wie ich auch heiße. Zwei Maryams, wie die Mutter Jesu, nur sind wir Schwarze Madonnen. Wir stammen von Bäumen ab, sie sind unser Mutterfleisch. Es gibt Standbilder aus Ebenholz, die uns darstellen. Wir werden mit Wundern in Verbindung gebracht. Deswegen sind wir beide hier. Wir waren in Knechtschaft, gefangen in Erdharz und Mörtel, wurden gezwungen, alle mögliche harte Arbeit zu leisten, auf den Feldern und anderswo. Warum schaust du mich so an? Ich bin nicht verrückt. Unsere schwarze Haut schimmert. Unsere Köpfe umgibt ein Heiligenschein. Schlaf nicht ein. Nein. Ich will, dass du mich ganz anhörst. Ich will, dass du deinen neuen Namen, Maryam, zur Kenntnis nimmst und mir ein kleines Lächeln schenkst. So, schon besser. Morgen früh gehen wir von hier fort, machen uns auf den Weg. Schwarze Madonnen mit goldenem Diadem.*

Sie war fest eingeschlafen. Ich konnte sie nicht wecken. Ich hob sie mitsamt der Decke aufs Bett, erhielt die Farce aufrecht. Redete, redete. Irgendwann in dieser unruhigen Nacht sank ich in wirren Schlaf.

Durch die Risse in der Tür sehe ich die Füße von Frauen. Drei Frauen. Eine trägt Feuerholz, die zweite balanciert eine bunt bemalte Kalebasse auf dem Kopf, und die dritte hält mein Kind. Mein Kind. In ein sauberes blaues Tuch gehüllt, gluckst sie zufrieden vor sich hin. Die Frau reicht sie mir wie ein Geschenk. Ich will mich erklären. Ich will ihnen erzählen, wie gut sie die ganze Nacht geschlafen hat, keinen Mucks hat sie getan. Die Frauen wissen, dass das nicht stimmen kann. Sie haben es gesehen. Sie haben alles gesehen, den Korb auf seinem Weg zum Wasserfall. Sie müssen genau in diesem Moment dort Feuerholz gesammelt haben.

Ich bitte sie herein, und die eine Frau nimmt die Kalebasse vom Kopf und stellt sie ab. Sie gibt mir zu trinken. Ich nippe vorsichtig, aber das Gefäß zittert in meiner Hand. Sie verurteilen mich nicht. Ich glaube, sie ahnen, dass ich aus der Gefangenschaft entkommen bin, weil ich mich so irr und verschreckt gebärde. Eine von ihnen kann ein bisschen Englisch. Sie hat ein breites Lächeln, und wenn sie lächelt, sehe ich Lücken zwischen ihren Zähnen, die etwas Freundliches haben. Ich habe keine Angst vor ihr. Sie erzählt mir, dass sie einem Volk von Nomaden angehören, aber in einiger Entfernung von hier eine kleine Siedlung haben. Sie sind Holzsammlerinnen und ziehen immer in Gruppen los, weil sie sich dann sicherer fühlen. Ihre Männer sind mit den Herden unterwegs. Sie sind schon seit vielen Tagen fort. So ist das mittlerweile, die Hirten müssen jedes Mal weitere Entfernungen zurücklegen, weil dem Wald das Wasser und die Weideflächen genommen werden.

In der Hütte gibt es keinen Platz, wo sie sitzen könnten, also gehen wir hinaus und setzen uns auf den Boden. Wir berühren gegenseitig unsere Hände, um zu vergleichen, wie kalt sie sind, und um Freundschaft zu schließen. Eine der Frauen legt ein paar Stöcke auf die kalte Asche, die von Bukis Feuern zurückgeblieben ist. Sie hat ein Feuerzeug. Wie geschickt sie damit umgeht. Sie möchte, dass ich es behalte. Funken stieben knackend in das gleichmäßige Grau der Morgendämmerung, und wir sitzen da, ohne zu reden. Die Frauen strahlen etwas ungemein Ruhiges und Vertrauenerweckendes aus, und sie sind zurückhaltend, weil sie wissen, welches Verbrechen ich begangen habe. Es ist sehr kalt.

Babby ist aufgewacht, wieder ganz gebannt von den rot und violett lodernden Flammen, die sie zugleich aber immer noch ängstigen. Ich will sie stillen, doch sie hat keinen Hunger. An wie viel erinnert sie sich. Wie schnell haben die Frauen sie entdeckt. Minuten, womöglich nur Sekunden nachdem ich mich verdrückt habe. Sie sehen, dass ich traurig bin, und die Frau versucht mir Mut zu machen, sie sagt, am nächsten Tag würden sie mit Milch wiederkommen, denn ich müsse kräftiger werden, bevor ich aufbrechen könne. Aber wohin soll ich aufbrechen. Ich frage, ob hier Lastwagen fahren, denn in der vergangenen Nacht habe ich Fahrzeuge gehört. Ich sage ihnen, dass ich auf Babby aufgepasst habe. Sie schauen mich an und sehen, dass ich nicht mehr weiterweiß. Die Frau, die für sie alle spricht, sagt, es sei nicht gut für das Kind und mich, allein hier zu bleiben, aber sie müssten erst den Rat ihrer Männer einholen.

»Wir tun unser Bestes«, sagt sie, und ich weiß, dass sie mir gern Gewissheit geben würde.

Dann gehen sie.

Als ich mit Babby allein bin, küsse ich sie. In ihren Augen sehe ich etwas, das ich Vorwurf nennen würde.

»Ich bin nicht alt genug, um deine Mutter zu sein«, sage ich kleinmütig. Ihre Miene ist ausdruckslos, abwesend, mit einem Finger deutet sie fast fragend in die Ferne. Ich fange an zu weinen. Ich weine aus meinem tiefsten Innern. Es kommt von da, wo meine Liebe zu ihr wurzeln sollte. Sie hat mich noch nie so offen weinen sehen. Sie lässt den Finger sinken und vergräbt den Kopf an meiner Brust, das Pochen meines Herzens ihre einzige Zuflucht.

Ich bin kaum erwacht, da sehe ich den Lichtstrahl einer Taschenlampe über die Wand huschen. Zwei Männer stehen vor mir, wilde Männer mit pelzbesetzten Mützen und gefütterten Jacken. Sie haben jeweils ein Ende einer langen Stange geschultert, an der Tiere hängen, Hasen, Kaninchen, ein Affe mit grinsender Miene und ein großes Tier, dessen Hinterläufe angewinkelt sind, mit schwarzen Haaren an den Hufen. Es ist eine Antilope. Ich habe mal eine auf einem Bild gesehen. Sie reden sehr schnell miteinander, in ihrer Sprache. Das Licht der

Taschenlampe zuckt über die Lehmwände, und Babby zittert. Sind sie gekommen, um uns zu töten? Wenigstens sterben wir dann zusammen.

Sie legen die Stange auf dem Boden ab und sehen sich nach etwas Essbarem um, vergebens. Der Jüngere setzt sich aufs Bett, der andere auf den kaputten Stuhl. Der Jüngere zieht ein Tuch voller Eier hervor. Er schlägt sie auf dem Blechteller auf, und sie schlürfen sie und grunzen zufrieden. Sie bieten mir auch eins an, und weil ich solche Angst vor ihnen habe, nehme ich es. Es ist ein großes Ei, muss von einem sehr großen Vogel stammen. Das Dotter ist fast zu viel für mich, und ich würge, bringe es aber irgendwie herunter.

Der Jüngere will seine Belohnung. Seine Augen tanzen. Der Ältere geht hinaus und schleppt die Stange mit, an der die Tiere grotesk wippen. Der Junge berührt mein Haar, kringelt es mit dem kleinen Finger. Ich weiß, was er will. Am besten bringe ich es hinter mich. Ich setze Babby direkt neben der Wand auf den Boden, denn der Korb ist ja nicht mehr da. Ich öffne mein Kleid. Doch als er meinen Körper sieht, so grindig und geschunden, weicht er zurück, gafft mich noch einmal an, und dann rennt er davon und ruft: »*Kola, kola, kola*«, was, wie ich weiß, *verrückt, verrückt, verrückt* heißt.

Die Frauen kamen wie versprochen am nächsten Morgen in aller Frühe wieder. Als ich ihnen erzählte, was passiert war, sahen sie sich an, berieten sich, und dann sagte diejenige, die Englisch konnte, dass ich mit ihnen mitkommen solle. Da ich kaum etwas zu packen hatte, konnten wir fast unmittelbar aufbrechen. Babby schrie nach einem Holzlöffel, den sie liebgewonnen hatte, und eine der Frauen ging noch einmal zurück, um ihn zu holen.

Schmetterlinge tanzen durch die Luft, einige flattern direkt an meinem Gesicht vorbei, andere landen auf dem Pferdemist, der in Batzen auf dem Boden liegt. Zwei der Frauen fassten mich an den Ellenbogen und halfen mir den steilen Hang zu ihrer Siedlung hinauf. Unterwegs mussten wir uns ein paarmal hinsetzen. Es war sehr weit, erst durch den Wald, dann über offenes Buschland, wo die Sonne auf uns herunterbrannte. Wir mieden die Dörfer.

Scharen von Kindern kamen uns aufgeregt entgegengelaufen, die kleinen bis auf ihre dünnen Hemdchen nackt. Ihnen folgten Mütter mit weiteren Kindern. Als wir ganz oben angelangt waren, setzten mich die Frauen auf einen Stein. Der Boden war sandig, und die Bienenkorbhütten mit ihren Strohdächern und Bambuspfosten waren von der gleichen sonnigen Farbe. Eine alte Frau kam und setzte sich zu mir. Ihr Gesicht verzerrte sich vor Schmerzen, während sie mir gestikulierend zu verstehen gab, dass sie Zahnweh hatte. Dann kam eine jüngere Frau, womöglich ihre Tochter, aus einer der Hütten und brachte zwei kleine Schalen Milch, eine für mich und eine für Babby. Die Milch war lauwarm und übersüß. Die Frau, die mich gerettet hatte, sagte mir, diese Milch werde *Madara* genannt, und bei diesem Namen nannte ich im Geiste von nun an auch sie. Ich trank in kleinen Schlückchen, wollte nicht undankbar erscheinen. Babby bekam ihre Milch aus der schmalen Tülle eines Kalebassenlöffels. Dann wurde sie herumgetragen und allen vorgestellt. Ein paar Hennen scharrten ziellos im Sand, und die Alten schauten mit leerem Blick umher.

Ich war von einer Horde Kinder umringt, die immer noch nicht recht wussten, was sie von mir halten sollten. Ein kleines Mädchen mit gläsernem Ohrring berührte mich und flitzte dann erschrocken davon. Im nächsten Moment war sie wieder da und kniff mir mit aller Macht in die Zehen.

Ich fragte die Madara-Frau, was das sollte, und sie sagte, das kleine Mädchen habe Angst vor mir.

»Sie denkt, du wärst vielleicht eine Hexe«, sagte sie, und das kleine Mädchen, das erriet, dass wir über sie redeten, stand mit der Hand in der Hüfte da und überlegte, was sie mir als Nächstes zufügen könnte. Das Weiße ihrer Augen hatte die Milde von Milch, doch ihre Pupillen schnellten listig umher.

Ich hatte das sichere Gefühl, gleich wieder ohnmächtig zu werden. Die drei Frauen brachten mich in die Hütte, deren Tür so niedrig war, dass sie sich bücken mussten, um hineinzukommen. Drinnen war es kühl, und als sie mich auf ein schmales Bett legten, über dem ein weißes Moskitonetz hing, empfand ich das als die größte Güte, die ich seit langem erfahren hatte. Auf einer großen Anrichte standen bunte Emailletöpfe mit glänzenden Deckeln. Schmale rote Teppichstreifen waren über ein durchgesessenes Sofa gebreitet. Ich vermutete, dass dies die Küche der Frau und zugleich ihr Schlafzimmer war und dass sie mir beides überlassen wollte. Sie fühlte meine Stirn und meinen Puls und beriet sich mit den anderen. Dann sagte sie, ich hätte Fieber und vielleicht eine leichte Malaria, aber ich solle mir keine Sorgen machen. Sie hätten zahlreiche Heilmittel.

Als Erstes wurde ich zu einem Waschhaus gebracht und in ein Becken gestellt. Sie übergossen mich mit mehreren Eimern Wasser. Es war eiskalt, und mir klapperten die Zähne. So nackt dazustehen, den Grind und Moder des Waldes am Körper, war mir furchtbar peinlich, und meine Beine verschränkten sich vor Scham.

Wieder in der Hütte, bekam ich Medizin. Zuerst eine zähe braune Flüssigkeit, die bitter schmeckte. Dann verschiedene rosafarbene Pulver, die ich jeweils mit einem Schluck Wasser einnehmen musste. Mein ganzer Körper wurde mit einer Paste bestrichen. Sie machten das zu dritt, flink und geschickt, und die Paste begann fast unmittelbar zu erhärten. Dann hüllten sie mich in Tücher, eine Lage um die andere, sodass ich schließlich steif wie eine Mumie war. Ich versuchte etwas zu sagen, doch es gelang mir nicht.

»Du wirst schreckliche Träume haben … ganz in sie hineingesogen werden … aber du wirst wieder zurückkommen«, erklärte meine Madara.

Sie sagte, ich solle keine Angst haben, denn alles Unreine würde aus mir herausgezogen, und das Fieber werde nachlassen. Sie gab mir eine Kuhglocke, die ich läuten sollte, wenn die Angst zu groß wurde.

Sie gingen auf Zehenspitzen hinaus.

Meine Träume waren bizarr, wie sie es vorhergesagt hatte. Ich sah die Milizionäre, jeden Einzelnen von ihnen, wie sie Form und Größe wechselten, sich in Wesen verwandelten, die halb Mensch, halb Tier waren. Aus ihrer Stirn schraubte sich ein drittes Auge, ihr Grinsen war lippenlos, und ihre verschiedenen Bärte trieben auf einer dünnen, blutigen Suppe. Ich wusste, dass ich diese Begegnungen, so grausig sie auch sein mochten, in meinem Traum durchleben musste, um sie zu exorzieren. Ich laufe, laufe, aber sie haben mich umzingelt, und ich bin gefangen. Dann löst sich einer aus ihrem Kreis und flüstert mir ins Ohr: »Ich freunde dich.« Er quetscht mich in eine leere Gasflasche und folgt mir, um mich zu »freunden«, aber die Flasche hat keinen Boden, und ich krieche hinaus, in aufgeworfene, von Insekten wimmelnde Erde. Ein kleines Mädchen taucht auf. Vielleicht bin ich das, vielleicht ist es auch das kleine Mädchen, das mir folgte, halb fasziniert, halb frech. Sie quasselt vor sich hin – »Ich habe meine Hacke auf dem Hof gelassen. Ich will durchgestochene Ohren haben.« »Aber die hast du doch schon«, sage ich und erinnere sie an die langen Glasohrringe, die sie trägt. Dann wirft eine andere Stimme ein: »Er hat seinen HIV-Status nicht genannt«, und ich denke, das muss eines der anderen Mädchen im Sumpf sein. Ich sehe wieder die Schmetterlinge auf den khakifarbenen Klumpen frischen Pferdemists landen, von denen noch warmer Dampf aufsteigt. Etwas Gazeartiges flattert an meinem Hals vorbei. Vielleicht ist es einer der Schmetterlinge, die ich sah, als mich die Frauen hier hochtrugen. Alles, was ich gesehen, erlebt, durchlebt habe, drängt in diese Träume, und es gibt Momente, wo ich die Kuhglocke läuten will, aber mein Stolz hält mich zurück. Der Traum geht immer weiter. An einer Tür, die im Wald hin und her schwingt, sehe ich ein Schild, auf dem steht: *Kein Zutritt.* Dann sehe ich meine Eltern in der Kirche und renne zu ihnen. Sie weichen entsetzt vor mir zurück und werden zu Stein. »Was für ein Verbrechen habe ich begangen«, frage ich, rufe ich, und dann wache ich von meinen eigenen hemmungslosen Schreien auf. Meine Madara sitzt an meinem Bett, die Hand beruhigend auf meine Stirn gelegt. Ich frage sie, wie lang das alles ging.

»Sehr lange«, antwortet sie.

Ich sehe mit neuen Augen – die Anrichte voll bemalter Töpfe mit ihren glänzenden Deckeln. Sie nimmt einen der Deckel ab, um mir etwas zu zeigen. In dem Topf befindet sich, genau eingepasst, ein kleinerer Topf, und in diesem ein weiterer, noch kleinerer, und so fort, eine ganze Familie von Töpfen, die in ihrer Urmutter verborgen sind. Die Tücher, in die ich gehüllt bin, sind klatschnass, meine Haare ebenso, und sie sagt, das sei ein gutes Zeichen, die Mittel hätten gewirkt.

Babby wird hereingebracht und in meine Arme gelegt, aber sie interessiert sich mehr für das Moskitonetz als für mich. Bald gluckst und gurgelt sie vor sich hin, und ihre zappelnden Finger zeigen, dass sie wieder hinauswill.

Es gibt einen bestimmten Platz, wo ich sitzen kann. Ein großer Stein, auf dem eine Matte liegt. Ein fedriges Kraut von zartestem Grün trennt die Häuser von einem Feld, das von dunklen Büschen und vereinzelten hohen Bäumen bestanden ist. Jeder Baum in seinem eigenen schläfrigen Reich. Ich habe keine Angst mehr. Um mich herum herrscht reges Treiben. Frauen kehren oder weben, andere waschen Kleider und wringen sie aus, wieder andere tragen gefüllte Wassereimer vom Fluss herauf. Viele der jüngeren Frauen hacken und graben in den kleinen Gärten. Ohne die Gärten wäre ihre Nahrung eher eintönig. Doch die Milch, erzählt sie mir, ist die tragende Säule in ihrem Leben; ihre Rinder bedeuten ihnen alles. Dem Mythos zufolge wurde ihre Welt aus einem riesigen Tropfen Milch geschaffen. Doondari, ihr Gott, stieg aus dem Himmel herab und schuf Stein, auf den Eisen, dann Feuer folgte, das Feuer erschuf Wasser und das Wasser die Luft, und so waren die fünf Elemente beisammen, und der Mensch konnte erschaffen werden.

Als Hirtenvolk hatten sie Probleme. Sie waren im Wald nicht erwünscht. Es gab Reibereien mit den Bauern, die behaupteten, dass die Rinder ihre Ernte zerstörten. Es kam zu Fehden, ja sogar zu Handgreiflichkeiten. Die jungen Männer, wild und leidenschaftlich und an ein nomadisches Leben gewöhnt, verloren manchmal die Beherrschung, und einmal war ein Junge im Affekt mit dem Messer auf einen Bauern losgegangen und hatte ihn verletzt. Gott sei Dank nicht tödlich. Die Ältesten mussten zur Gerichtsverhandlung in die Stadt, wo sie nicht willkommen waren, und wurden zu einer horrenden Geldstrafe verurteilt, die sie nur mit Mühe bezahlen konnten. Sie mussten dazu einige ihrer Ziegen und auch ein paar Schafe verkaufen, denn es gab bei ihnen ein Sprichwort, das lautete: »Wenn du meine Kuh umbringst, dann bringe ich dich um.«

Seither waren die Behörden nicht mehr ohne weiteres bereit, ihre Landnutzungsgenehmigungen zu verlängern. Als sie mir das alles erzählte, schämte ich mich, ihnen eine zusätzliche Last zu sein, aber ich war nicht in der Lage, das auszusprechen. Ich konnte sehen, dass das von den Hirten hier zurückgelassene Vieh nicht viel Milch gab und dass sie einen Teil dieser Milch brauchten, um sie im Dorf für Getreide, getrockneten Fisch, Zucker und manchmal auch Medikamente einzutauschen.

Die Kinder plagen mich nicht mehr. Sie spielen, und nach Babbys Geschrei zu urteilen, möchte sie mitspielen. Die Spielsachen sind alle aus Lehm, größtenteils sind es Puppen. Mit dünnen Zweigen ritzen die Mädchen Augen, Ohren, Nase und Mund in diese Lehmfiguren. Die Jungen schauen achselzuckend herüber. Sie haben ihre eigenen Spiele. Sie schubsen alte Autoreifen den Hang hinunter und rollen sie dann um die Wette wieder hoch. Das kleine Mädchen, das sich vor mir fürchtete, ist jetzt dauernd in meiner Nähe. Ihre Mutter sagt ihr, dass sie mich nicht angaffen, sondern mir lieber eine Blume bringen soll. Sie rennt davon und kommt mit einem winzigen Blütenzweig zurück, lässt ihn auf den Boden fallen und verschwindet wieder. Als ich den Zweig aufhebe, fallen die Blüten alle ab. Ihre Mutter erzählt, die Kleine sei erst zehn, aber schon mit einem Jungen aus einer Sippe in einem anderen Dorf verlobt. In drei oder vier Jahren werde sie heiraten, dann würden sie ein Stück Land erhalten, fortziehen und eine eigene Herde aufbauen. Aber sehr weit würden sie nicht wegziehen, denn es sei wichtig, dass sie alle zusammenblieben.

Jetzt wird einem Mann, den ich für das Oberhaupt halte, aus einer der größeren Hütten herausgeholfen.

Er geht mit zwei Stöcken und wird zu mir geführt. Er ist ein hochgewachsener Mann aus einem Volk hochgewachsener Menschen, und in seinen Augen, mögen sie auch schwach sein, sehe ich ungebrochenen Stolz. Ich möchte ihm dafür danken, dass ich hier sein darf, doch er spricht bereits, trägt etwas vor, das ein Junge übersetzt und offenbar in- und auswendig kennt. Bevor der alte Mann sich setzt, deutet er mal mit dem einen, mal mit dem anderen Stock auf verschiedene geheiligte Orte in den umliegenden Hügeln.

Da liegt mein Vater begraben.
Da liegt mein Großvater begraben.
Da liegt mein Urgroßvater begraben.
Da leben all meine Vorfahren.
Wir werden diese Lebensweise niemals aufgeben.

Als der alte Mann sich gesetzt hat, fasst der Junge in stolzem, rühmendem Ton die Geschichte ihres Volks zusammen. Er tut das mir zuliebe.

Wir sind Nomaden, im Norden und Süden der Sahara. Seit dem fünften Jahrhundert leben wir da, und der Fluch Oba Egbekas hat auf uns gelegen, aber mit Gottes Beistand haben wir uns behauptet. Wir haben uns auch gegen Haussa-Könige behauptet, die sich nicht an die Lehre des Propheten hielten. Sie waren unvollkommene Muslime. 1804 haben wir unter dem Banner von Usman dan Fodio einen Dschihad geführt.

Meine Madara und ich sind uns nähergekommen. Ich wusste, wie beschäftigt sie war, trotzdem nahm sie sich

Zeit für mich, damit ich nicht allein war. Wir waren am Fluss, nur wir zwei, und es klang so heiter und melodisch, wie er dahinplätscherte, bis er sich an ein paar Felsen überstürzte und einen spitzendurchwirkten Schaum zurückließ. Fetzen dieses Schaums fielen mit der Leichtigkeit von Federn ins Wasser, und diese Federn vereinten sich zu kleinen Inseln der Muße.

Eine Weile schwiegen wir, doch ich wusste oder vermutete vielmehr, dass sie mir etwas erzählen wollte. Selbst ihre Stimme war anders, vertrauensvoller.

Er war der größte Mann, den ich je gesehen hatte. Er überragte meinen Vater um einiges. Seine Kopfbedeckung war von einem prächtigen Blau. Er und mein Vater waren ins Gespräch vertieft. Irgendwie erriet ich, dass es um mich ging. Ich war am Ausbessern und Flicken, saß unter dem Baum, wo ich immer meine Handarbeiten verrichtete. Er hatte mich noch nicht gesehen, denn das war verboten, aber irgendwo muss er mich doch zu Gesicht bekommen haben.

Danach kam mein Vater, um allein mit mir zu sprechen, und ich sagte: »Dieser Mann gefällt mir«, er fragte, ob das Ja hieß, und ich sagte begierig: »JA.« Meine Mutter war auch froh. Es war an der Zeit, dass ich heiratete. Sie kaufte mir auf dem Markt zwei neue Wickelkleider und ein Armband aus Korallenperlen. Am nächsten Abend kam das Oberhaupt der Siedlung, in der mein künftiger Mann lebte, und brachte drei weiße Stuten als Brautpreis.

Am folgenden Morgen verließ ich mein Zuhause. Einige junge Mädchen begleiteten mich, und ungefähr auf halbem Weg trafen wir mehrere andere Mädchen, die man geschickt hatte, um mich abzuholen. Alle schüttelten sich die Hände und gingen dann ihres Weges. Das Gesicht meines Mannes habe ich erst in dem Moment ganz gesehen, als wir miteinander allein waren. Er war in jeder Hinsicht von mir angetan. Vorher hatte mir eine ältere Frau, die mir die Haare richtete, erzählt, dass seine vorige Frau jung am Fieber gestorben war, weil man sie nicht rechtzeitig hatte ins Krankenhaus bringen können. Es gab keine Transportmittel und keine Krankentragen. Er trauerte fast ein Jahr um sie.

Die jungen Männer durften mich anfangs nicht sehen, doch sobald ich unverkennbar schwanger war, durfte ich hinausgehen. Frauen unterwiesen mich in vielen Bereichen, sie lehrten mich, wie wichtig Geduld und gute Laune sind. Meine Kinder würden mein Lebensinhalt sein, so wie für die Männer ihr Reichtum in ihrer Herde lag. Innerhalb von kurzer Zeit bekam ich vier Kinder, das letzte meine Shehu, dein kleiner Plagegeist.

Aber Leidenschaft lässt nach, und wenn ein Ehemann nach einer gewissen Zeit ein schönes junges Mädchen sieht, das schöne Kinder zur Welt bringen wird, dann geht er zu ihrem Vater und hält um ihre Hand an. So ist das. Wenn ich etwas Schlechtes gesagt oder getan hätte, wäre etwas Schlechtes daraus erwachsen. Hätte ich Eifersucht gezeigt, wäre ich dafür bestraft worden. Die Ältesten hätten ihm gesagt, dass er nicht mehr zu mir kommen soll. Hätte ich an diesen bitteren Gefühlen festgehalten, hätte man mich womöglich zu meinen Eltern zurückgeschickt, und das wäre eine wahrhaft vernichtende Strafe gewesen.

Und dann sagte sie sehr ernst und eindringlich, damit

es mir in Erinnerung blieb: *Ich bin zufrieden, wo immer ich mich wiederfinde. Ich habe meinen Platz auf dieser schönen Erde, so wie wir alle.*

Sie erhielten Nachricht, dass das Vieh und die Männer bis zum Abend zurück sein würden. Ein Junge in zerrissener Kleidung kam den Hügel heraufgerannt, und sobald er ihnen Bescheid gesagt hatte, legte er sich erschöpft hin, sein Auftrag war erfüllt. Seine Zähne waren sehr weiß, und die grauschwarze schlitzartige Narbe auf seinem Gesicht trat in der Sonne deutlich hervor. Alle Jungen und Mädchen wurden schon sehr früh mit dieser Art von Narbe versehen. Der Schnitt wurde mit einem Rasiermesser ausgeführt und dann mit Holzkohle bedeckt, was dem Mal seine dunkle Färbung gab. Manche betrachteten es als Tapferkeitsmal, andere als Schönheitsmal, denn, so erklärten sie, kein Einschnitt gleiche dem anderen.

Ich hörte die Rinder, lange bevor ich sie sah. Eine Art dumpfes Donnern, das schnelle Stampfen der Hufe auf dem Boden, während sie die weite Ebene überquerten. Dann kamen sie in Sicht, Hunderte von Rindern, weiß und braun und gescheckt, in fließender Bewegung zu einem hinreißenden Farbenspiel verschmolzen. Die Hirten hatten Radios dabei, und die Musik war selbst aus der Ferne laut und schrill. Die mächtigen Hörner der Tiere ragten in die Höhe, als wollten sie ihre Heimkehr in den Himmel eingravieren. Die freudige Aufregung in der Siedlung war ansteckend, alle waren sehr geschäftig, und die kleine Shehu rannte ziellos herum und trieb Vieh und Männer zur Eile an. Irgendwo hatte sie eine Spange für ihr Haar aufgetrieben.

Den ganzen Tag wurden hektisch Vorbereitungen getroffen. Suppe köchelte in Töpfen vor sich hin. Sie war aus Paprika und Zwiebeln zubereitet und mit verschiedenen Blättern gewürzt. In der Molkerei bereiteten die Frauen Käsebällchen zu, eine Spezialität, von der sie wussten, dass die Männer sie liebten. Die älteren Frauen wurden gewaschen und bekamen frische Tücher um den Kopf gebunden. Junge Frauen flochten sich gegenseitig das Haar und neckten sich dabei. Ich durfte bei ihnen sitzen. Wir konnten uns zwar nicht verständigen, aber ich war trotzdem froh und zufrieden. Eigentlich wollte ich ja zurück zu meiner Mutter und unserem Zuhause, aber es zog mich nicht von hier fort. Dieser Ort und die friedliche Lebensweise gaben mir innere Ruhe.

Wir verloren die Herde eine Weile aus den Augen, als sie zu einer überfluteten Senke kam, durch die man die sich sträubenden Rinder zu schwimmen zwang; die Jungen, die nicht schwimmen konnten, klammerten sich mit aller Macht an den geschwungenen Hörnern fest. Unter aufgeregtem Geschrei und Geblöke und dröhnender Musik aus den Radios tauchten sie wieder auf und wurden im Galopp über die Straße getrieben. Vor dem Graben – demselben Graben, über den man mich getragen hatte – scheuten sie, stürmten dann aber, fast zu Hause, den Hang hinauf, von den Jungen angetrieben, beschworen, bei ihren Namen genannt, die auch Kindernamen waren. Die paar Tiere, die sich von der Herde entfernten, mussten gescholten und zurückgeholt werden, und eine Kuh stemmte die Vorderbeine in den Boden und wollte sich nicht mehr von der Stelle rühren. Zwei Jungen brachten sie wieder in Bewegung, verpassten ihr ein paar Hiebe und schimpften mit ihr, bis sie schließlich oben auf dem Hügel anlangten, wo die älteren Männer alle aus den Hütten getreten waren, um die Herde willkommen zu heißen und in Augenschein zu nehmen. Mit größter Sorgfalt untersuchten sie die Tiere, betasteten Körper und Knochen, um zu überprüfen, ob sie zu dünn waren, und stellten den Hirten alle möglichen Fragen. Dann fand das Ritual des Melkens statt. Bestimmte Kühe wurden ausgesondert und von den Männern in verzierte Kalebassen hinein gemolken, die dann von den Frauen rituell zum Dorfplatz getragen wurden.

Zuerst bekamen die Männer in einer der Hütten zu essen, während die Frauen draußen warteten. Dann aßen die Frauen, und danach kamen die Männer heraus und setzten sich auf den Boden, doch miteinander gesprochen wurde nach wie vor kaum. Bald begannen die Jungen von ihren Abenteuern zu erzählen, und alle hörten aufmerksam zu. Ich konnte ihre Geschichten nicht verstehen, aber ihren Gesten – Wange an Wange die Fäuste erhoben – entnahm ich, dass es wohl um Streitigkeiten und Raufereien ging, die sie während der sechs Wochen ihrer Abwesenheit erlebt hatten.

Dann kam ein kleinerer Junge, der die Herde im Pferch bewacht hatte, er trug etwas in den Händen. Alle verstummten. Es war ein neugeborenes Kalb. Jubel brach aus. Das jüngste Kind bekam das Kalb überreicht, und die Mutter musste dem Mädchen helfen, weil das Kalb so zitterte. Die alten Männer scharten sich um sie.

Der schüchterne Bote, der die Nachricht gebracht

hatte, zog eine Flöte unter den Falten seiner Kleidung hervor und trat nach vorne, um zu spielen. Leise und zaghaft erklangen die Töne, zogen Süße aus den umliegenden, grasbewachsenen Hügeln, und die Rinder im Pferch begannen leise zu muhen.

Als er fertig war, zog er sich wieder ins Halbdunkel zurück, aber die Männer waren inzwischen aufgesprungen und schwangen die Arme, und die Frauen antworteten mit tiefem, begierigem Glucksen. Sie schlüpften unter die Arme der Männer, sahen sie an, forderten sie zum Tanz auf. Zwei Trommler saßen schon auf Hockern bereit, und ihre mitreißende Musik sandte eine Aufforderung durch das ganze Tal, auch zu den geweihten Plätzen, wo die Vorfahren lagen. Alle tanzten. Kinder rieben sich den Schlaf aus den Augen und suchten ihre Mütter, damit sie mit ihnen tanzen konnten. Die Zurückhaltung, die ich zuvor zwischen Männern und Frauen beobachtet hatte, war verschwunden. Auf diese Weise begegneten sie sich. Dies war ihre Art, sich den anderen gegenüber auszudrücken.

Dann kam ein junges Mädchen angerannt, das ich bisher noch nicht gesehen hatte. Sie trug ein rotes Kleid, und große metallene Ringe zierten ihre Ohren, Nase, Knöchel und schlangendünnen Zöpfe. Sie kam aus dem Nachbardorf und hatte gehört, dass die Rinder zurückgekehrt waren. Die Frauen hießen sie willkommen und gaben ihr die Hand. Nachdem sie kurz verschnauft hatte, schloss sie sich dem Tanz an. Wie in Trance wirbelte sie herum, von einem Grüppchen zum nächsten, doch zugleich schien sie niemanden wahrzunehmen. Sie tanzte um des Tanzens willen. Sie war so beeindruckend, dass die anderen sich nach und nach aus dem Tanz zurückzogen und nur noch ihr zusahen. Selbst der Flötenspieler kam aus dem Halbdunkel, um sie zu bewundern. Er konnte gar nicht anders. Die erzählfreudigen Jungen gingen auf die Knie und rutschten näher und näher zu ihr. Sie neckten den Schüchternen, drängten ihn, doch mit ihr gemeinsam zu tanzen. Sie stachelten ihn an, schubsten ihn in ihre Richtung, und schließlich nahm er seinen Mut zusammen, stand auf und sagte: »Es gefällt mir, wie du tanzt.« Meine Madara übersetzte es für mich. Das Mädchen antwortete nicht, hatte es aber gehört.

So begann es immer – einfach indem man sich sah. Immer diese Distanz, die doch im Innersten Nähe suchte.

Ich dachte: Ich bin wach, aber ich träume. Ich träume diesen Jungen und dieses Mädchen, die sich gerade erst begegnet, aber durch einen unausgesprochenen Pakt verbunden sind. Ich träumte sie, weil ich wusste, dass ich so etwas für mich niemals würde erträumen können.

Ich saß auf dem Bett, als meine Madara hereinkam. Irgendetwas stimmte nicht. Ihr breites Lächeln fehlte. Ich dachte, sie hätte vielleicht mit einem der Männer gestritten. Die Förmlichkeit in ihrer Stimme ließ mein Herz stocken, aber ich kam nicht auf die Idee, dass es um mich gehen könnte. Warum war sie so kühl, so reserviert. Sie setzte sich nicht. Sie sprach im Stehen und mit fester Stimme. »Als die Frauen heute Morgen ins Dorf gegangen sind, haben sich die Händler zuerst geweigert, mit ihnen zu sprechen oder Geschäfte zu machen. Es hatte sich herumgesprochen, dass wir die Frau eines Milizionärs und ihr Kind verstecken. Alle dort unten haben furchtbare Angst. Sie wissen, was passieren wird. Man wird ihre Waren beschlagnahmen, ihre Verkaufsstände niederbrennen und sie selbst abschlachten. Und dann werden die Dschihadis hierher zu uns kommen, denn sie wissen, wo sie uns finden können, sie kennen jeden Quadratzentimeter von diesem Wald. Sie werden alles zerstören. Sie werden uns unsere Herde wegnehmen. Es wird nichts von uns übrig bleiben.«

»Ich gehe«, sagte ich und wollte aufstehen, um ihr für ihre unendliche Freundlichkeit zu danken, aber sie wehrte ab.

»Mein Sohn wird euch beide wegbringen, bevor es hell wird. Er ist in den nächsten Ort gegangen, um sich ein Motorrad auszuleihen«, sagte sie, während sie sich bereits von mir entfernte.

Kurz davor, die Fassung zu verlieren, wandte sie sich noch einmal um und sagte: »Wir finden es schrecklich, jemanden wegzuschicken … besonders Kinder«, und dann schlüpfte sie unter dem teppichartigen Vorhang hindurch, der als Tür diente.

Es war totenstill, das Gebäude war von Bäumen umgeben und mit in Maschendraht eingeflochtenem Laub getarnt. Einige der älteren braunen Blätter standen heraus, von ihnen kam das Rascheln, das ich jetzt hörte.

Der Junge mit dem Motorrad hatte uns in einiger Entfernung abgesetzt und war dann davongerast.

An den ringsum aufgetürmten Sandsäcken und den Antennen auf dem Dach erkannte ich, dass dies der Militärposten war. Männer rufen mir etwas zu. Zwei sind es, in ausgebeulten Uniformen, sie heben ihre Gewehre hoch. Der eine schießt in die Luft, was die Vögel aufschreckt. Plötzliches panisches Flügelschlagen, die Vögel flattern orientierungslos herum, die unteren Zweige wippen heftig. Die Stille der Morgendämmerung ist durchbrochen. Der Zweite nimmt mehrere Telefone aus der Tasche, entwirrt die Kabel.

»Das Kind runter … Runter damit«, schreien sie mich an. Ich lege Babby auf den sandigen Boden, wo sie stumm und erschrocken liegen bleibt. Noch nie hat sie so verloren ausgesehen, ein herrenloses Bündel, auf das man einfach treten könnte. Als die Männer mit dem Metallstab über ihren Körper fahren, schreit sie gellend und verkrampft sich. Ich darf sie nicht auf den Arm nehmen.

»Zieh deinen Gürtel aus … Gürtel aus!«, sagt der eine, und mir wird klar, dass sie denken, ich sei gekommen, um sie in die Luft zu sprengen. Sie denken, ich sei eine Selbstmordattentäterin, eines der kleinen Mädchen, die ich unter der Tamarinde hatte sitzen sehen, eine, die in kindlicher Aufregung die Datteln isst, die man ihr gegeben hat, und dem verheißenen Paradies entgegenfiebert.

»Ich habe keinen Gürtel … Ich habe keine Waffe … Ich will einfach nur nach Hause«, sage ich.

»Sie will einfach nur nach Hause«, höhnt der eine. Er befiehlt mir, mich auszuziehen.

»Kleider ausschütteln … Kleider ausschütteln«, werde ich aufgefordert, und nachdem ich das getan habe, muss ich auch Babby ausziehen, denn der Metallstab muss noch einmal über beide Körper geführt werden. Sie zuckt zusammen, als erhielte sie einen tödlichen Stromschlag.

Der eine bombardiert mich mit Fragen, und der andere nimmt alles auf seinem Handy auf.

»Wie heißt du?«

»Wer schickt dich?«

»Wer war der Junge, der dich auf dem Motorrad gebracht hat?«

»Warum ist er so schnell wieder weggefahren?«

»Wer ist dein Vater?«

»Wer ist deine Mutter?«

»Wer sind die Ältesten in deinem Dorf?«

»Warum weißt du das nicht mehr?«

»Du weißt, was mit dir passiert, wenn du lügst.«

Ich antworte, so gut es geht, aber ich weiß, dass sie

versuchen, mich zu überführen. Sie eilen zu dem Gebäude, um Bericht zu erstatten, besinnen sich dann aber doch anders, und ein weiteres Mal wird der Metallstab über uns und den harmlosen Kleidungsstücken auf dem Boden hin und her bewegt.

Sie hassen mich. Das erkenne ich an der Art und Weise, wie sie mich ansehen. Sie wollen nur eins, nämlich irgendeinen Beweis dafür finden, dass ich schuldig bin, mich auf der Stelle festnehmen und in eine Kaserne schicken, und dann in den Tod.

Ein dritter Mann, ein Kommandant in aufwändigerer Uniform, kommt die Treppe herunter. Sie stehen stramm und grüßen förmlich, was lächerlich wirkt. Er ist groß und schlaksig. Und er scheint nicht so aufgebracht zu sein wie seine beiden Untergebenen. Ich sage ihm, dass ich keinen Gürtel habe und keinen Knopf, auf den ich drücken könnte, und dass ich nicht hier bin, um irgendwen in die Luft zu jagen. Er hört sich das an, dann fragt er mich, wieso er mir das glauben sollte.

»Wieso sollte ich dir das glauben?«, fragt er ein zweites Mal.

»Ich würde niemals andere Menschen in die Luft sprengen …«, antworte ich. Er sieht mich an, schaut mir in die Augen, um zu sehen, ob ich lüge. Er dreht sich zu den anderen um und sagt, es sei wahrscheinlicher, dass ich *eins von den Schulmädchen* bin. Das sehe man in den Augen: das Trauma tief in den Augenhöhlen und der gehetzte Blick. Er sehe das nicht zum ersten Mal.

»Wie alt bist du?«

Ich sage ihm, dass ich das nicht weiß.

»Riesending«, sagt er, jetzt verärgert, dass diese ganze

Geschichte Zeit kosten wird, viel Zeit, außergewöhnliche Umstände und so weiter. Er schaut auf das Handy, auf dem er lesen kann, welche Fragen sie mir gestellt haben und was ich stockend darauf geantwortet habe. Dann geht er mit ausgreifenden Schritten in das Gebäude zurück.

Als ich wieder mit den beiden allein bin, geht der eine zu meinen Kleidern, die noch auf dem Boden liegen, und öffnet den Knoten an der Seite meines Wickelkleides, denn er ahnt, was darin versteckt ist. Es ist das Geld, das Mahmoud mir gegeben hat. Ich habe es die ganze Zeit aufbewahrt. Es sollte unser Geschenk an meine Eltern sein, wenn Buki und ich heimkämen. Sie zog den Knoten oft nach. Er steckt das Geld ein, weiß, dass ich das nicht melden, es nicht wagen werde. Der große Mann kommt wieder und befiehlt ihnen, mich hineinzubringen. Ich ignoriere sie alle, hebe mein Kleid vom Boden auf und bedecke mich wenigstens teilweise, dann hebe ich Babby hoch und wickele sie fest in ihr Tuch – ein versteinertes Bündel.

Der Raum ist klein und drückend heiß. An den Wänden stapeln sich Gewehre, überall liegen Waffen herum. Er greift nach einem Metallzylinder mit einer Art Rohr darauf, deutet auf einen Stolperdraht und sagt, wenn ich da hineingelaufen wäre, käme ich jetzt nicht in den Genuss seiner Gastfreundschaft. Es gibt in dem Zimmer auch einen Tisch, unter dessen einem Bein ein Backstein liegt, damit er nicht wackelt, und einen dieser Kalender, bei denen ein Schiebefenster das aktuelle Datum rahmt. Er sieht, dass ich völlig gebannt daraufschaue. Ein Tag, eine Woche, eine Jahreszeit.

Er sagt, dass ich mich an den Tisch setzen und einen Bericht schreiben soll, den er ans Hauptquartier weiterleiten wird, denn da würden sie langsam ungeduldig.

Ich schreibe von unserer Gefangennahme, der Arbeit, die wir verrichten mussten, dem Kochen und Putzen, den Gebeten und den Schlägen, die wir regelmäßig bekamen, aber die Brutalitäten im Blauen Haus lasse ich aus. Ich berichte, dass ich verheiratet wurde, ein Kind zur Welt gebracht habe, und dass wir mit Buki zusammen fliehen konnten, als Regierungstruppen das Lager bombardierten. Ich erzähle von den Mädchen, die tot auf dem Boden lagen, und anderen, die zurückblieben, ihre letzte Hoffnung zunichtegemacht. Ich beschreibe die Hütte, wie Buki Feuer machte, wie sie von einer Schlange gebissen wurde und starb. Er liest über meiner Schulter mit, während ich schreibe.

»Woher weißt du, dass es ein Schlangenbiss war?«

»Das hat sie mir gesagt … Sie war im Dunkeln draußen, hat nach etwas zu essen gesucht, und als sie eine Wurzel aus dem Boden zog, wurde sie gebissen … Ich habe die roten Bissspuren gesehen.«

»Ah, diese bösartigen Kreaturen …«, sagte er und nahm ein Handbuch von einem Regal über dem Tisch. Dabei fiel ein anderes Buch herunter, es trug den Titel *Große Erwartungen*. Das Bild auf dem Umschlag zeigte Männer mit Arbeitskleidung und Mütze in einer Hufschmiede, auf deren unbefestigtem Boden Hühner herumpickten. Er las vor: »*Was tun bei Schlangenbissen … Fakten und Mythen.*« Dann warf er das Buch rasch beiseite.

Er wird wieder misstrauisch, murmelt: »Da ist doch

etwas faul im Staate Dänemark«, und derlei mehr. Was, wenn ich nicht die Wahrheit sage. Wenn ich etwas ausgelassen habe, etwas Schicksalhaftes. Er sagt, ich sei ihm ein Rätsel, nein, ein Phänomen. Ich sei durch einen riesigen Wald gelaufen, einen Wald voller Gefahren: Tretminen, Jäger, verschiedene Milizen, Hunger, Durst, und doch hätte ich diesen Militärposten erreicht, zwar unter Schock, aber unverletzt. Da müsse es doch irgendein Geheimnis geben.

»Die Hirten haben mich gefunden ... Sie haben mich gerettet«, sage ich. Er denkt darüber nach und scheint es schließlich zu glauben.

»Was passiert jetzt mit mir?«, frage ich. Er kann es mir nicht sagen. Die hohen Tiere in der Stadt befassen sich mit meinem Fall, X sagt dies, Y sagt das. Stagnation. Verdunkelung. Unstimmigkeiten. Vielleicht werde man mich zu einem besser ausgestatteten Militärstützpunkt bringen, der Posten hier sei doch eher primitiv. Er entschuldige sich, wenn die beiden Tölpel etwas grob gewesen seien, ich müsse mir klarmachen, dass ich für sie kein Mädchen sei, nicht einmal ein Mensch, ich sei eine Todesbotin, ein Lockvogel, zur Ablenkung vor einem Angriff gesandt.

Er setzte sich neben mich auf einen Hocker und sagte, ich müsse da etwas wissen. Die menschliche Natur sei teuflisch geworden. Das Land, das ich verlassen hätte, gebe es so nicht mehr, Häuser würden abgefackelt, während die Bewohner darin schliefen, die Bauern könnten ihr Land nicht mehr bestellen, Menschen flöhen von einer Wüstenei in die andere, überall Hunger und Verheerung. Eine Frau kippe sich und ihren Kindern jeden

Tag ihre Exkremente über den Kopf, um die Milizionäre, diese Hunde, zu täuschen, ihnen weiszumachen, sie sei verrückt.

»Erst vor ein paar Tagen ist eine Frau mit einem toten Säugling hier auf dem Posten erschienen und hat erklärt, sie könne das Kind nicht begraben, ohne vorher eine Ziege getötet zu haben. Ob ich eine Ziege für sie auftreiben könne. Ob ich die Ziege töten könne. Das gehöre zu einer Beerdigung unbedingt dazu. Sie hat sich völlig verzweifelt auf den Weg gelegt, auf dem du vorhin gestanden hast, und nachdem sie sich ausgeweint hatte, ist sie aufgestanden und weitergegangen und hat dabei ihre missliche Lage beklagt.«

Einer der beiden Tölpel stürmt herein und sagt, die Satellitenverbindung sei zusammengebrochen.

»Dann kümmer dich drum … Stell sie wieder her«, schreit er, und als er sieht, dass ich zusammenzucke, entschuldigt er sich und fragt, ob ich Durst habe. Bereitwillig gießt er mir Wasser aus einem Kanister in eine Blechtasse, deren wackeliger Griff aus zwei wegklappbaren Teilen besteht.

»Du siehst mich in einem Zustand tiefer Zerrüttung«, sagt er und fängt an, über sein Leben zu schwadronieren:

»Alle sechs Wochen oder so fahre ich nach Hause, aber für meine Familie bin ich wie ein Fremder. Hinter meinem Rücken spotten sie über mich. Meine Tochter findet, ich soll zu einem Therapeuten gehen, weil ich immer so griesgrämig bin. Wir streiten uns. Ich weigere mich, zu einem Therapeuten zu gehen, eile hierher zurück, zur Wiege des Bösen, stelle fest, dass die beiden Tölpel sich mit meiner Hängematte abwechseln, die ich extra für mein verletztes Bein habe anfertigen lassen. Ich bin, könnte man sagen, zum letzten Akt erschienen. Dieselben Bäume, dieselbe Dunkelheit, dieselbe dräuende Ungewissheit. Warum erzähle ich dir das … Weil ich dich nicht kenne und weil du mich nicht kennst, und weil du nicht weißt, in welche Welt du zurückgekommen bist.«

Er nimmt einen Zeitungsausschnitt aus der Tischschublade und liest mir die neueste Statistik vor: »In diesem Land sind bis zu zwei Millionen Menschen aus ihrer Heimat geflohen, 1,9 Millionen Menschen sind vertrieben, 5,2 Millionen Menschen hungern, und geschätzte 450 000 Kinder leiden an massiver Unterernährung.«

Babby war gereizt und zerrte an mir, während er redete, sie wollte trinken. Er merkte, wie verlegen ich war, stand auf, schlug auf das Funktelefon auf dem Tisch und ging hinaus, um zu schauen, ob es irgendwelche neuen Entwicklungen gab. Es dauerte eine Weile, Babby zu stillen, denn an diesem rauen Ort war sie unruhig und verlor immer wieder die Brustwarze. Ich hielt sie noch, als er wieder hereinkam. Er starrte uns an, ohne ein Wort zu sagen, bis sie schließlich fertig war. Ich ließ sie aufstoßen, und danach döste sie langsam weg.

»Wie fühlst du dich?«, fragte er.

»Gut, danke.«

»Du fühlst dich gut, danke«, wiederholte er ungläubig. Was war das nur, diese Symbiose zwischen Mutter und Kind. Er muss zugeben, dass mein Anblick etwas in seinem Innern wachgerufen hat, etwas Gutes, eine Zuneigung vielleicht oder einen Sonnenuntergang oder die schöne rhythmische Sprache von Charles Dickens. Er singt ein Loblied auf die Mütter, kann sich gar nicht mehr bremsen. Barfüßige Bittstellerinnen, die von Abfällen leben und trotzdem weitermachen, immer weitermachen. Sie schneiden sich nicht die Kehle durch. Schneiden ihren Kindern nicht die Kehle durch, um das Blut zu trinken. Sie halten aus, so wie sie auch bei der Geburt ihrer Kinder ausgehalten haben. Er fragt sich, wie sie das hinkriegen, diese Mütter mit Kindern, wie sie es hinkriegen, wie kriegt man so etwas hin. Sein Gesicht war nur eine Handbreit von meinem entfernt, sein Blick suchend.

»Lass es mich spüren«, sagte er.

»Schicken Sie mich nicht zu denen zurück«, sagte ich.

Das erschütterte ihn. Er wirkte beschämt. Er griff nach einem Karton mit dem Aufdruck MOD, nahm den Deckel ab und legte ihn auf meinen Schoß. In dem Karton sah ich Fruchtschnitten, Plätzchen, Energy Drinks, Dörrfleisch und Käse. Er zog eine Tüte Karamellbonbons heraus, reichte mir eins und bediente sich dann selbst. Wir saßen da und kauten auf unseren Bonbons herum wie ungezogene Kinder. Aus dem Papierchen faltete er ein Flugzeug und ließ es hinaussegeln, auf Erkundungsflug in die Außenwelt. Ich las die Beschriftung auf der Box – *Twenty-four-hour Multi-climate Ration Pack*. Es sei schon absurd, sagte er, dass man Nahrungsmittel, die als nicht mehr gut genug für eine englische Garnison erachtet wurden, an ihn und seine Leute verkaufte. Für die veralteten Waffen gelte das Gleiche. Er steigerte sich richtig hinein. Blickte zurück auf die Geschichte. Die Kolonisatoren seien gekommen, um Beute zu machen, Gold, Elfenbein, und hätten sich über die drolligen örtlichen Bräuche lustig gemacht, die Medizinmänner, die Hexentänze, die Regenmacher, die Kannibalen, doch zugleich hätten sie ihre Umgebung unmerklich liebgewonnen. Er vermute, dass so mancher englischer Salon voller reizender Erinnerungsstücke sei, Schwerter, Messer, Macheten, Landkarten und alte Fotografien von Männern und ihren Damen, die bei Sonnenuntergang gemütlich auf der Terrasse säßen. Er wage sogar zu behaupten, dass in den Kellerräumen verschiedener Museen noch abgehackte, in Salz eingelegte Köpfe lagerten, die einst freimütig in Glaskästen ausgestellt worden seien.

Einer der Tölpel kam hereingestürzt und sagte, ein hoher General wolle ihn sprechen, und zwar sofort.

Ich wurde hinausgeschickt. Es wurde langsam hell, die Sonne war aufgegangen, so wie sie es ja tatsächlich Tag für Tag getan hatte, nur in unsere verfluchte Enklave war sie nicht vorgedrungen. Ich halte Babby fest, fester. Ich spreche mit ihr. Ich frage mich, wo wir heute Nacht unsere Köpfe betten werden.

Der Kerl, der das Geld aus meinem Kleid gestohlen hatte, kam und stellte sich ganz nah vor mich, und dann schnupperte er an mir, als wäre ich ein Hund. Es war seine Art, mir zu sagen, dass auch Geld riecht. Seine Art, mich zum Schweigen zu bringen.

Von da an wurde ich abwechselnd rein- und rausgeschickt, hörte die Männer telefonieren, ohne aber erkennen zu können, ob es irgendwelche neuen Entwicklungen gab. Der Kommandant war jetzt schroffer, schickte mich wieder hinein, da das Satellitentelefon draußen anscheinend besser funktionierte.

Vielleicht liegt es an der Hitze oder der Angst oder an meiner Müdigkeit, jedenfalls bin ich auf dem Hocker eingeschlafen und träume. Ich weiß, dass ich träume.

Ich überquere mit Buki und Babby ein Feld. Wir halten Babby beide an der Hand, sie muss älter sein, denn sie kann jetzt richtig laufen. Wir haben Angst. Hinter den Bäumen und im Gebüsch verbergen sich Gestalten. Wir müssen an ihnen vorbei, und auch an einem großen Haus, das ein Irrenhaus ist. Ich weiß, dass es ein Irrenhaus ist, aber ich weiß nicht, woher ich das weiß. Es hat kleine, vergitterte Fenster. In der Einzäunung ringsum hocken Ratten, die versuchen herauszuklettern. Ratten mit ihren Jungen. Wir können sie an dem Draht knabbern und laut quieken hören, weil er ihnen in die Zunge schneidet. Dann sind wir in der Mitte des Feldes, wo kleine Hügel aufgeworfen sind. Buki ist weg, sie ist verschwunden. Ich gehe mit Babby weiter und halte sie an der Hand, damit sie nicht stolpert. Dann geschieht etwas Seltsames und Wundervolles. Eine Erdplatte beginnt sich langsam auf sie zuzubewegen und verbirgt dann ihre Brust, deckt schützend ihren ganzen Körper ab, bis zu den Knöcheln, eine Art Rüstung. Beglückt gehen wir weiter. In der Ferne sehen wir ein Haus. Es ist erleuchtet.

Ich schrecke aus dem Schlaf. Der Kommandant ist zurückgekommen, er sagt, bis jetzt sei noch nichts entschieden, aber er wirkt zuversichtlicher. Er beschließt, uns mit einer Passage von Charles Dickens aufzumuntern, und während er liest, wird seine Stimme milder.

»Ich war wieder in England – in London, und ging mit dem kleinen Pip die Piccadilly Street entlang –, als ein Diener mir nachlief, um zu fragen, ob ich wohl meine Schritte zurückwenden würde, da sei eine Dame in einer Kutsche, die mit mir zu sprechen wünsche. Es war

eine kleine Ponykutsche, von der Dame selbst gelenkt, und die Dame und ich sahen einander gar traurig an. ›Ich habe mich sehr verändert, ich weiß, aber ich dachte, Sie würden Estella vielleicht auch die Hand reichen wollen, Pip. Heben Sie dieses hübsche Kind hoch, damit ich es küssen kann!‹ (Sie nahm das Kind, glaube ich, für das meine.) Hinterher war ich sehr froh, dieses Zwiegespräch geführt zu haben, denn ihr Gesicht, ihre Stimme, ihre Berührung gaben mir die Gewissheit, dass das Leid stärker gewesen war als Miss Havishams Unterweisungen und ihr das Herz geschenkt hatte, zu verstehen, was mein Herz einst gewesen war.«

Jemand war hereingekommen, und als ich mich umdrehte, sah ich eine Polizistin, die ihre dunkelblaue Mütze keck auf dem Ohr trug.

»Wir bringen dich in die Stadt«, sagte sie, während sie mir und Babby aufhalf.

Ich erinnere mich nicht mehr daran, wie wir den Weg entlanggingen, erinnere mich an gar nichts mehr, außer dass wir in einem großen Auto saßen, dessen Ledersitze nach Wachs rochen. Es waren noch zwei andere Autos dabei, eins vor uns, eins hinter uns.

Die Polizistin musste das Fenster herunterkurbeln, weil der Kommandant noch ein Letztes sagen wollte:

»Das war alles … alles … ziemlich erstaunlich«, sagte er. Dann winkte er uns mit einer schwungvollen Gebärde fort. Er wirkte verloren.

Die Tölpel standen stramm, mit stolzgeschwellter Brust, weil sie ihre Pflicht getan hatten.

In der Stadt brodelt das Leben. Autos, Motorräder, Taxis schlängeln sich durch den Verkehr, die Taxis nicht größer als Kinderwagen. Die Passagiere sitzen hineingequetscht darin, ihre Sachen auf dem Schoß. Babby schläft fest in meinen Armen, trotz des Krawalls.

Die Sonne brennt auf grellweiße Gebäude herunter, die schwarzen Tore von golden glänzenden Spitzen gekrönt. Wachmänner sitzen im Schatten der Bäume, plaudern mit herumschlendernden Polizisten. Andere Polizisten stehen in schmalen Häuschen, regeln den Verkehr und halten Autos an. Unser Wagen wird durchgewinkt, weil seitlich an der Motorhaube eine militärische Flagge angebracht ist.

Die Polizistin deutet auf etwas, das aussieht wie ein Berg, tatsächlich aber ein Fels ist, ein so berühmter Fels, dass sein Bild eine der Banknoten ziert. Sie spricht von seiner sagenumwobenen Vergangenheit und den vielen Angriffen, denen er einst ausgesetzt war. Durch die zahllosen Rinnen an seinen Seiten fließt Wasser hinab, wie Tränen endlosen Kummers.

Die Bäume sind nicht so ausladend wie die, unter die ich mich im Wald geduckt habe. Jüngere Bäume säumen die Schnellstraßen, ihre Blätter an die Stämme geschmiegt, wie zusammengeklappte Regenschirme sehen sie aus.

Zwischen den stattlichen Villen stehen Hütten aus den verschiedensten Materialien – Pappe, verflochtene Zweige, Bambus, hier und da gleißt ein Blechdach in der Sonne. Frauen beugen sich über kleine Kochfeuer, mit Scharen von Kindern, die ernährt werden wollen. An Betonwänden aufgemalte Schilder, die für die Reparatur von Kühlschränken oder Motoren werben, auf einem, das pechschwarz ist, steht *Call Mr Chef*, daneben eine Telefonnummer. Auf einer riesigen Plakatwand lese ich in bunten Buchstaben die Aufforderung *Werde Millionär.* Darunter hat jemand gekrakelt *Baumwolle ist von Gott geschaffen.*

An einer verkehrsreichen Kreuzung, wo vier Straßen aufeinandertrafen, sausten zwei Jungen ohne Beine auf Skateboards herum und streckten die Hände aus – wenn man ihnen eine Münze hinwarf, versuchte jeder von ihnen, der Erste zu sein. Andere Jugendliche klopften an unsere Scheiben, wann immer der Wagen anhielt. Sie hielten Buntstifte hoch, Flipflops, Wasserflaschen, kleine Tütchen mit gemischten Nüssen. Die Polizistin sagte mir, ich solle sie ignorieren.

Durch mehrere zweiflügelige Tore gelangten wir in eine Parklandschaft mit zahlreichen, ebenfalls strahlend weißen Gebäuden, zu deren Eingängen lange Treppen hinaufführten. Diverse Amtspersonen grüßten uns. Dann erschien eine Frau, die »Liebling, Liebling« zu mir sagte. Sie fand, das Baby könne eine frische Windel gebrauchen, und man brachte uns direkt zur Toilette, einem

Palast aus Marmor und Spiegeln. Neben dem Waschbecken befand sich ein Wickeltisch, und Babby strampelte vergnügt, guckte sich um und genoss die Opulenz ihrer neuen Umgebung. Ich keuchte erschrocken, als ich gleich in mehreren Spiegeln das fremde Wesen sah, zu dem ich geworden war, mein Mund entzündet, meine Haare zersplissen. Babby wäre fast vom Wickeltisch gepurzelt, ich erwischte sie gerade noch und spazierte dann mit ihr herum, damit wir uns bestaunen konnten. Sie deutete auf unsere Spiegelbilder, wusste nicht, wer das war. Die Frau, die mich Liebling genannt hatte, klopfte an die Tür, denn Babby sollte ärztlich untersucht werden.

Ich sitze in einem kleinen Behandlungsraum, und die Frau mir gegenüber erklärt mir gerade, wie tapfer ich sei und wie zäh. Ich sei eine Überlebenskünstlerin. Sie versucht mir die Befangenheit zu nehmen. Sie sagt, dass man mich untersuchen, mir verschiedene Spritzen geben, mich impfen und anderweitig medizinisch behandeln wird, vor allem aber werde es bei der Therapie ums Zuhören gehen. Sie seien hier, um Menschlichkeit zu zeigen, Beistand zu leisten. Sie trug ein schlichtes, kurzärmeliges Kleid und Ledersandalen mit glänzenden Schnallen. Aus den Zwischenräumen im Leder sehe ich plötzlich rosa Würmer kriechen. Ich kann gar nicht mehr aufhören zu zittern. Sie fragt, ob ich reden will, aber das will ich nicht. Sie zieht einen kleinen Kalender aus der Tasche und rechnet aus, wie viele Tage ich in Gefangenschaft war. In dem Kalender ist jeder Monat mit einem Heiligenbild markiert. Sie zeigt mir ihre Lieblingsheilige – die heilige Therese, die »Kleine Blume«, ein Mädchen mit feinen Gesichtszügen, das ein Gewinde aus rosa Rosenknospen um den Hals trägt. Dann schlägt sie die Seite mit dem heiligen Patrick auf, einem imposanten Mann, der seinen Bischofsstab schwingt. Der heilige Patrick, Schutzpatron von Irland, habe im Jahr 432 v. Chr. alle Schlangen, die Reptilien wie die Menschen, aus ihrem Land vertrieben. Sie wünschte, er könne wiederauferstehen, denn er könnte dem Gemetzel und den Gräueltaten hier im Lande vielleicht ein Ende bereiten.

»Wie alt bin ich?«, frage ich.

»Ach, du armes Kind … du leidest … du leidest«, sagt sie. Dann zieht sie ein kleines braunes Skapulier aus ihrem Kleid, küsst es und sagt mir, es sei mein. Ich spüre das gravierte Gesicht irgendeines Heiligen, das in den Stoff eingebettet ist.

»Halt das ganz fest, wenn es wehtut – aber so schlimm wird es nicht werden«, fügt sie hinzu.

Genau in diesem Moment geht die Tür auf, und zwei Männer in Weiß schieben ein fahrbares Krankenbett herein. Sie ziehen mir einen Kittel an, der hinten gebunden wird. Sie tragen einen weißen Mundschutz. Ich halte sie für Boten des Himmels.

Die Frau geht neben mir her, während ich durch den Korridor geschoben werde. Sie hält meine Hand, drückt sie, murmelt: »Herr, erbarme dich, Jesus, erbarme dich, Herr, erbarme dich.« Endlos.

»Wenn du lächeln würdest, wärst du viel hübscher«, sagte er. Wenn ich lächeln würde! Er ist der Arzt, der mich zurückholen soll, er sagt, die menschliche Seele braucht vierzehn Tage, um sich auf eine neue Situation einzustellen.

Den von anderen Leuten verfassten Notizen, die vor ihm auf dem Tisch liegen, hat er vermutlich entnommen, dass ich in mich gekehrt und manchmal teilnahmslos bin und dass ich gelegentlich ohne ersichtlichen Grund Wutanfälle bekomme. Er wird auch wissen, dass ich den Schleier, den sie mir gegeben haben, zerrissen habe. Er war von dem finsteren Blau, das wir bei diesen Hunden tragen mussten. Er weiß, dass ich Angst davor habe, Straßen zu überqueren, und dass ich zweimal das Angebot abgelehnt habe, mit einer Krankenschwester im Park spazieren zu gehen.

»Du bist nicht mehr im Wald«, sagt er.

»Sie waren ja nicht dort«, sage ich hastig, zu hastig.

Ich bin an den Wald gefesselt. Er lebt in meinem Innern. Von ihm träume ich nachts, eine verwirrte Babby am Bauch, die meine Ängste in sich aufsaugt.

Irgendwann bricht der Tag an. Wir bekommen geschnittenes Obst. Sie greift nach einem Schnitz Melone oder Papaya, mustert ihn und stopft ihn sich dann in den Mund. Ein kleiner Vielfraß im Kinderstuhl.

Ich will ihn anschreien, diesen Mann im dunklen Anzug mit seinen glibberig wirkenden Augen hinter den dicken Brillengläsern. Er hat das Wasser in dem kleinen Plastikbecher, der vor ihm steht, noch nicht angerührt. Ich trinke meines aus und starre ins Leere. Wenn er doch nur irgendein Instrument oder einen Zauberstab hätte, mit dem er in meinen Kopf greifen und alles offenlegen könnte, dann wäre all dieses Zögern und Zaudern nicht nötig. Er fragt, ob mir mein Zimmer gefällt. Ob ich daran gedacht habe, meine Medikamente zu nehmen. Ob sich der Gesundheitszustand meines Kindes verbessert. Zu jeder dieser Fragen nicke ich.

»Ich hätte den Mutterkuchen behalten sollen«, sage ich plötzlich.

»Warum?«

»Die haben ihn gegessen … Sie könnte sich darin verstecken, wenn wir irgendwann mal getrennt werden.«

»Dazu wird es nicht kommen.«

»Woher wollen Sie das wissen?«

Er sieht, wie die Angst in mir aufwallt, und wartet.

Ich erzähle ihm dies und das, um etwas zu erzählen:

Ich habe Getreide gesiebt und gebetet. Die Spreu ist herumgeflogen, und der Wind hat sie auf den harten Wüstensand geschleudert. Ich habe Keulen und Rücken und Wildfleisch zerschnitten, alles voller Würmer und Fliegen. John-John hat mit einem Kricketschläger auf die Fliegen gehauen, und ich habe mit meinem scharfen Messer die Würmer geköpft. Auch als sie tot waren, haben sie sich noch gewunden. John-John hatte den Kricketschläger in einem verlassenen Lager gefunden, zusammen mit einem Buch über die Kricketregeln. Ich habe nicht genug gebetet. Rebeka hat gebetet, und sie ist entkommen.

»Wer ist Rebeka?«, fragt er.

»Vielleicht ist sie längst tot«, antworte ich.

Dann erzähle ich ihm von Nora, einem kleinen Mädchen, das seiner Tante half, auf die Herde aufzupassen, und sie dann aus den Augen verlor. Sie war ungefähr zehn Jahre alt. Die Tiere liefen auseinander. Sie rannte herum und rief nach ihnen, immer wieder, und da wurde sie gefangen genommen, in den Hügeln. Der Soldat, der sie gefangen nahm, war entzückt von ihr. Er wollte sie für sich. Sie sagte, sie sei zu jung. Er sagte: Du hast doch Verwandte, eine Tante, die kann ich mir vornehmen. Wenn sie in den Sumpf kam, ist ihr immer Blut die Beine heruntergelaufen, und sie hat gerufen, gerufen. *Dawo, dawo, dawo.* Kommt zurück … kommt zurück … kommt zurück.

Er weiß, dass es noch mehr zu erzählen gäbe, dass ich es aber nicht sagen kann. Zwischen uns klafft ein gähnender Abgrund.

»Wann kommt meine Mutter?«, frage ich schroff.

»Das wird alles geprüft«, sagt er.

Ich stelle mir vor, wie meine Mutter Stunde um Stunde auf die Nachricht wartet, dass sie kommen und mich nach Hause holen soll. So wie auch ich warte.

Ich bin gesprächig und erzähle ihm von dem Schwarzen Tag. Zwölf Mädchen wurden aufgefordert, sich zu waschen und hübsch zu bedecken. Sie bekamen Getreidebrei zu essen, bevor sie sich auf den Weg machten. Ein Austausch sollte stattfinden. Zwölf Mädchen sollten im Tausch gegen fünfzehn ihrer Kämpfer, die in der Stadt im Gefängnis saßen, freigelassen werden. Diejenigen von uns, die zurückbleiben mussten, fühlten sich ungerecht behandelt und verbittert.

Mitten in der Nacht kamen sie in den Schlafsaal zurück, am Boden zerstört, gebrochen, zu erschüttert, um etwas zu sagen. Sie waren barhäuptig. Entweder die Dornenbüsche hatten ihnen die Schleier heruntergerissen, oder sie selbst hatten sie aus Trotz weggeworfen. Sie legten sich auf den Boden und weinten lauthals. Wir bildeten einen Kreis um sie. In diesem Moment waren wir alle vereint.

Im Laufe der Tage und Wochen erfuhren wir, was geschehen war, allerdings war die Geschichte jedes Mal etwas anders, und die Mädchen waren bald so durcheinander, dass sie einander widersprachen. Wir wussten zumindest Folgendes: Sie waren über fünfzehn Kilometer in der sengenden Hitze gelaufen. Dann erreichten sie eine kleine Lichtung, die wohl erst vor kurzem geschlagen worden war, denn junges Gras spross aus dem Boden. Das Flugzeug war bereits da, ein kleines weißes mit rostigen Propellern. Die alten, gefällten Bäume lagen wie schlafende Tiere herum. Aus dem Innern des Flugzeugs waren Gesang und Rufe zu hören. Die Gefangenen wollten herausgelassen werden, wollten die paar Stufen zu ihren Brüdern hinuntersteigen und den Wald küssen, den sie Heimat nannten.

Vertreter beider Seiten trafen sich und gingen wieder

auseinander, mal freundlich, mal auch nicht. Die meisten zogen sich in die Laster zurück, und diejenigen, die für den Papierkram zuständig waren, saßen unter großen Schirmen. Ein großer Mann im weißen Kaftan trat als Vermittler auf.

Die Mädchen bekamen nicht einmal etwas zu trinken. Sie waren matt und erschöpft, aber sie glaubten, dass sie bald die schmale Treppe in das Flugzeug hinaufsteigen würden, wo man sie willkommen heißen, anschnallen und ihnen vielleicht ein kühles Getränk anbieten würde.

Viele Stunden verstrichen.

Es gab kleinere Differenzen zwischen den beiden Seiten, und scharfe Worte fielen. Und dann wurde plötzlich geschrien und geflucht, Rache geschworen, und Erdklumpen flogen gegen das Flugzeug.

Jetzt wussten sie, dass irgendetwas völlig falsch gelaufen war. Der Mann im weißen Kaftan warf die Arme in die Luft und rief in mehreren Sprachen, er habe ein Jahr seines Lebens an diese Verhandlungen verschwendet. Noch deutlicher wurde es, als ein Offizier, der im Flugzeug gesessen und offenbar die Gefangenen bewacht hatte, mit einem leeren Koffer oben auf der Treppe erschien, ihn durch die Luft schwang und die Dschihadisten auf dem Boden anschrie. Man hatte ihm eine bestimmte Geldsumme zugesichert, die aber ausgeblieben war. Er schwenkte den Koffer wild herum, einen alten, ramponierten Koffer mit zerrissenem Futter. Die Stimmung wurde hässlicher und gefährlicher. Die Männer lachten, suhlten sich in ihrem Hass, waren sich alle der baldigen Vernichtung der gegnerischen Seite sicher.

Der Vermittler war fort. Die Tür des Flugzeugs geschlossen. Die Lastwagen entfernten sich, und die Mädchen wurden angewiesen, umzudrehen und die fünfzehn Kilometer wieder zurückzulaufen.

Ich konnte nicht weitererzählen. Ich griff nach einem der Papiertaschentücher in der Schachtel, die ich bislang nicht anzurühren gewagt hatte.

Er sagte nichts, tat nichts, hörte einfach nur zu, während ich von den Mädchen berichtete, die noch dort waren, sich an den Glauben klammerten, dass sie eines Tages wieder zu dieser Lichtung mit dem jungen Gras laufen würden, wo das kleine weiße Flugzeug mit rotierenden Propellern wartete, um sie fortzubringen.

Ich kann nicht glauben, dass ich tatsächlich mein nächtliches Gemetzel beichte. Es wird mit jedem Traum blutrünstiger. Ich koche meine Peiniger in großen schwarzen Töpfen. Viele Feuer brennen. Diese Männer wissen, dass ihr letztes Stündlein geschlagen hat. Sie flehen um Gnade, so wie wir es getan haben. Ich packe sie in die Töpfe, und John-John hilft mit dem Stampfer nach. Wir zerschmettern ihre Schädel, und ihr Hirn quillt als matschige Masse heraus. Ihre Bärte treiben auf der Oberfläche wie verrottender Schaum. Das kochende Wasser blubbert hoch und bringt sie zum Schweigen. Sie müssen von sich selbst zehren, ihre Augen gieren nach Tränen, doch sie können nicht weinen, denn sie sind tot.

Mädchen kommen aus dem Schlafsaal gelaufen, werfen ihr Gewand der Schande ab. Sie waschen sich in Flüssen. Sie riechen sauber. Sie riechen wieder nach Natur. Sie essen Pilze. Sie binden sich die Haare mit Wacholderzweigen zusammen. Die Nachricht hat sich schon herumgesprochen. Familien haben sich aus den Dörfern auf den Weg gemacht, sie bringen Datteln mit und singen die alten Lieder.

Er nimmt die Brille ab, putzt sie nachdenklich und sieht mich an.

»Irgendwann wirst du jemandem dein Herz öffnen«, sagt er und steht auf.

Es war unsere letzte Sitzung. Wir hatten das Eis gebrochen.

Als meine Mutter und ich uns das erste Mal wiedersahen, sogen wir beide erschrocken die Luft ein, eine Reaktion, die nur wir verstehen konnten. Zu viel war geschehen. Sie war nicht mehr wiederzuerkennen, von Kummer zerfressen. Sie sah älter aus, ihre Augen waren trübe. Wir standen im Flur eines Regierungsgebäudes, sie war noch außer Atem von der letzten Treppe. Ein paar Leute eskortierten uns, sorgten dafür, dass uns diese prunkvolle Umgebung nicht allzu sehr einschüchterte.

Judith, die junge amerikanische Krankenschwester, die ein paarmal bei mir gewesen war, stürmt herbei, das Haar ganz zerzaust, um mir ein Geschenk zu geben. Es ist ein Gummiball, den ich zusammendrücken soll, wenn die Angstzustände wiederkommen.

»Zerquetsch die Mistkerle ... Zerquetsch sie«, sagte sie und legte meine Hände um den Ball.

Mama und ich durften ein paar Minuten miteinander allein sein, in einem Empfangszimmer. Es musste schnell gehen, denn der Präsident kam extra von irgendwoher zurückgeflogen, um uns zu begrüßen.

Der Raum, in den man uns führte, war sehr groß, mit

einem langen, auf beiden Seiten von Stühlen gesäumten Tisch. Auf einem Tablett standen eine Thermoskanne mit Kaffee, Tassen mit Untertassen und ein Päckchen Kekse.

»Stell mir keine Fragen«, sagte ich.

»Nein«, sagte sie.

Und dann eröffnete sie mir, dass mein Vater tot war. Nach meiner Gefangennahme war er nicht mehr der Alte gewesen. Er lief die Straßen auf und ab und sagte meinen Namen. Unter gegabelten Bäumen baute er sich aus Holz einen Sitz, von dem aus er drei aufeinandertreffende Straßen überblicken konnte, damit er mich würde kommen sehen. Er sagte meinen Namen, wenn er im Schlaf redete. Daran erkannte sie, dass er tot war: Er wiederholte meinen Namen nicht mehr. Sein Herz hatte versagt. Ich fragte mich, warum sie so distanziert war und mich nicht umarmte. Ich schob es auf die fremde Umgebung. Ich dachte, in einer Weile sitzen wir an einem stillen, weniger protzigen Ort zusammen und schütten uns gegenseitig das Herz aus.

Der Wachmann vor der Tür, dessen Schatten ich durch das Türfenster sehen konnte, klopfte an das Glas und sagte, die Zeit sei um.

Eine ganze Schar von Verwandten erwartete uns, an einige erinnerte ich mich, an andere nicht. Sie hatten sich alle herausgeputzt, aber eine hatte offenbar das Sagen, sie wies die anderen an, wo sie zu stehen hatten und so weiter. Sie wurde mir als Auntie vorgestellt, aber sie war nicht meine Tante. Ich erinnerte mich kaum an sie. Sie war unsere berühmteste Verwandte. Wir besuchten sie sehr selten, weil wir ärmer waren. Sie hatte einen Armeeoffizier geheiratet, der zum General befördert wurde und dann wegzog. Es hieß, er habe sie verlassen, aber offiziell waren sie immer noch verheiratet. In ihrem Haus waren die Wände mit Fotos des Generals in seiner mit Orden geschmückten Uniform gepflastert, auf manchen war Auntie an seiner Seite, in einem ihrer glänzenden Kleider und mit mehrfach geschlungener Halskette. Auf den Fensterbrettern saßen ganze Puppenfamilien mit ausgestreckten Beinen. Porzellanpuppen mit geschminkten Wangen und Stiefeln aus Schweinsleder.

Kurz darauf erschien eine Krankenschwester mit Babby auf dem Arm, und ich spürte einen kalten Hauch, als alle zurückwichen. Keine von ihnen stürzte vor, um sie zu bewundern.

»Sie hat die gleiche kleine Falte mitten auf der Stirn wie du«, sagte ich zu Mama, und alle sahen mich voller Abscheu an.

Auntie erklärte mir, die Regierung billige es nicht, dass Buschfrauen ihre Kinder mitbrachten, und lasse die Kinder stattdessen in Findelhäusern unterbringen. Es verletzte mich, dass sie mich als Buschfrau bezeichnete und nicht bei meinem Namen nannte. Sie sagte, in meinem Fall werde eine Ausnahme gemacht, denn sie habe ein paar Strippen gezogen. Sie habe dafür gesorgt, dass das Kind in unser Dorf zurückgebracht werde. Mama wies mich an, ihr zu danken. Sie strahlte vor Stolz. Auntie sagte, sie würden gleich am Nachmittag aufbrechen, denn das Chaos und Getöse der Stadt tue einem kranken Kind nicht gut. Ich wusste, dass ich hintergangen wurde, aber ich war nicht imstande, mich zu wehren. So sah ich Babby das letzte Mal: in den Armen einer Krankenschwester, eingehüllt in ein sauberes weißes Tuch, das auch ihren Kopf bedeckte. Sie hatte einen grünen Schnuller im Mund, von dem eine kleine Perlenschnur herunterhing, sodass sie gleichzeitig saugen und mit den Perlen spielen konnte. Es beunruhigte sie nicht, von mir getrennt zu sein. Sie war fasziniert von ihrer neuen Umgebung, guckte herum, deutete hierhin und dahin, schaute schließlich zu dem Kronleuchter hinauf, der Lichtkreise auf den Marmorboden warf und die farbigen Einsprengsel zum Leuchten brachte, Kastanienbraun, Pink und Ocker.

Es war ein Tag fieberhafter Aufregung. Menschenmengen. Ansprachen. Und Verehrung.

Ich hatte ein neues lilafarbenes Kleid bekommen, mit lila Futter, um das grässliche Gemetzel in meinem Innern zu verbergen, und den passenden Schleier dazu. Mama trug ein geblümtes Kleid mit feinen goldenen Fransen, die zitterten, wenn sie sich bewegte. Sie hatte perfekt geflochtenes Haar, war in einem Salon gewesen, wo man ihr auch die Füße in einem Becken mit sprudelndem Wasser gebadet hatte. Mir gegenüber verhielt sie sich immer noch kalt, war weit freundlicher zu ihren Begleiterinnen, die ihren Mut und ihr Gottvertrauen priesen.

Eine Beraterin ermahnte mich wiederholt, zu lächeln, also lächelte ich. Sie hatte mir auch genaue Anweisungen gegeben, was ich sagen sollte und was nicht. Niemand wolle grausige Geschichten hören. »Nichts Negatives … nichts Negatives«, flüsterte sie mir immer wieder ins Ohr.

Wir wurden früh zum Amtssitz des Präsidenten gefahren, um den Menschenmengen, der Presse und den Kameras zu entgehen. Dort angelangt, wurden wir sofort zu unseren Plätzen geführt. Ein Teppich mit verschlungenem Muster führte vom Flur in den Empfangsraum, wo in den Erkerfenstern Stangen mit den aufgerollten Flaggen der Nachbarstaaten standen. Die rosa Vorhänge waren zum Schutz vor der grellen Sonne zugezogen. Rechts und links des Mittelgangs waren Stühle aufgereiht, und ganz vorn, wo der Präsident und seine Entourage sitzen würden, waren andere Stühle in einem Halbkreis aufgestellt. Sie waren mit pfirsichfarbenem, makellos sauberem Satin bezogen. Alles war perfekt, die weißen Stuckverzierungen an der Decke, die Säulen aus schimmerndem Holz, der exakte Faltenwurf der Vorhänge, und trotzdem hatte das Ganze etwas Freudloses. Ich roch Blumen, sah aber nirgends welche. Vermutlich, dachte ich, hatte man den Raum eingesprüht, um einen Anschein von Natur zu erzeugen. Wir saßen steif da. Ich hörte Mama gewaltig seufzen. Vielleicht war ihr Kleid zu eng. Mich überkam der Drang, hinauszuschlüpfen und Babby zu suchen. Ich hatte das Gefühl, dass sie mich brauchte.

Andere Mütter, die man eingeladen hatte, trafen gruppenweise ein, den Staub der Reise noch an ihren Füßen und der zerschlissenen Kleidung. Sie erkannten mich sofort. Ihre Blicke hefteten sich auf mich, und ich sah ihre ängstlichen Mienen, die alle auf eine persönliche Nachricht hofften. Wie konnte ich ihnen die Wahrheit sagen – dass einige der Mädchen im Kindbett, andere bei früheren Bombenangriffen gestorben waren, dass man manche in entlegenere Lager geschickt hatte und einige, am unbegreiflichsten, freiwillig im Lager blieben, wo sie wenigstens eine Mahlzeit am Tag bekamen.

Nichts Negatives … nichts Negatives … ging mir immer wieder durch den Kopf.

Mit einer Fanfare wurden der Präsident und seine Entourage angekündigt. Eine Prozession von Ministern und ihren Beratern sowie Militärs mit ordengeschmückter Brust. Die Minister trugen reich bestickte Hulas, die traditionelle Kopfbedeckung der Haussa, nur die des Präsidenten, der sie alle überragte, war von schlichtem Weiß, mit einem breiten goldenen Streifen. Er schien sich in einer eigenen Sphäre zu bewegen. Die Frauen trauten sich nicht, laut zu klatschen, sie trauten sich kaum zu atmen. Stattdessen reckten sie den Hals so weit wie möglich nach vorn, um ihm ein kleines bisschen näher zu sein. Eine Frau im blauen Kleid setzte sich in aller Ruhe bequem hin, dann schürzte sie die weich fallende Seide kokett um ihre Knöchel, wobei sie unentwegt lächelte.

Der Präsident zeigte ein verhaltenes Lächeln, in dem sich Kultiviertheit und leichte Verachtung paarten.

Als Erster sprach ein Gouverneur aus einem nahen Staat. Er wechselte von Freude zu Trauer, wischte sich das Gesicht mit einem großen getupften Taschentuch ab. Er sagte, er spreche für das ganze Land, wenn er mich willkommen heiße, ich sei ein Vorbild für alle – als die Nachricht bekannt geworden sei, habe ein emotionaler Tsunami das Land überrollt. Dann dankte er salbungsvoll dem Präsidenten, der für diesen Vormittag eine Reise abgesagt habe, um bei seinem Volk sein zu können. Dieser Präsident sei keiner, der durch die Welt jette oder sich in seinen Prunkgemächern rekele, nein, ihm lägen all jene am Herzen, die seiner Führung anvertraut seien. Jedes einzelne Kind sei ihm wichtig. Der

Gouverneur erwähnte die vielen Tausend Naira, die der Staat für Schulgeld aufwende, für die Verpflegung der Schüler, für Bücher und Stifte, Transport und all die weiteren Leistungen, die das Geburtsrecht eines jeden heranwachsenden Kindes seien. Er bitte die anderen Mütter, die womöglich hofften, er habe einen Zauberstab zur Hand, um Geduld, um Langmut, wobei er im Grunde seines Herzen davon überzeugt sei, dass diese nationale Katastrophe bald enden werde.

»Unser Land wird wieder erhobenen Hauptes dastehen«, sagte er, und dann tupfte er sich erneut die Stirn, Tränen in den Augen, und sagte freimütig: »Wenn ich keine westliche Ausbildung genossen hätte, würde ich heute noch Ziegen hüten.« Das Publikum war begeistert und applaudierte stürmisch. Als er seine Fassung wiedergewonnen hatte, deutete er auf den Präsidenten und sagte: »Aber wer will schon den Abklatsch, wenn er das Original haben kann«, und der Präsident stand auf, um seine Rede zu halten. Der Präsident war prägnanter und rigoroser – »Sichtbarkeit. Offenheit. Macht.« Jedes Wort wie ein Pfeil. Das Publikum wusste sich in der Gegenwart wahrer Größe, des Mannes, der den Schlüssel zu ihrem jetzt so traurigen Dasein auf dem kleinen Stück Land, von dem sie lebten, in der Hand hielt. Er schaute sich um, sah, dass sie begriffen, und sagte in humorvollerem Ton: »Wir werden unsere Feinde zu einem Kriegstänzchen bitten.« Seine Gefolgsleute lächelten über diesen Anflug menschlicher Wärme.

Dann bekundete er seine Entschlossenheit, der Herrschaft des Terrors ein Ende zu setzen, erinnerte aber daran, dass das nicht im Handumdrehen möglich sei, sondern Raffinesse, Know-how und strategisches Vorgehen erfordere. Er sprach flüssig und mit Leidenschaft, kaum dass er einmal seine Notizen heranzog: »Verwerfen Sie alle Zweifel, Mutmaßungen und fiktiven Berichte. Wir tragen diesen Kampf aus. Unsere Feinde sind überall. Sie wollen Märtyrer sein, doch sie sind keine. Wie soll ich sie nennen. Hyänen. Ja, sie sind Hyänen. Es gibt nicht nur die bekannten Kämpfer, sondern auch jene, die mit ihnen zusammenarbeiten, die Unruhen ausnutzen, unter ihrem Befehl agieren. Sie führen Krieg gegen uns, gegen unsere Institutionen und unseren Rechtsstaat. Sie tolerieren nichts und niemanden. Denken Sie nur daran, wie viele Menschen sie niedergemacht haben, Polizisten, Gefängniswärter, Beamten, Lehrer, unschuldige Kinder. Sie sind gegen das Christentum und den Islam. Sie verabscheuen religiösen Pluralismus. Sie sind habgierig. Aber täuschen Sie sich nicht, wir sind auf dem Weg zum Sieg, wir haben Gebiete und Landstriche zurückerobert, die sie in ihre Gewalt gebracht hatten. Unsere hochrangigen Militärs stehen denen anderer Länder dieser Welt, die USA eingeschlossen, in nichts nach. Wir modernisieren unsere Waffen und technische Ausrüstung, um sie zu vernichten, und das wissen sie. Wir lassen uns Falschmeldungen nicht als die Wahrheit verkaufen. Wir werden ihnen einen Strich durch die Rechnung machen. Wir werden sie entwaffnen. Wir werden sie unschädlich machen. Wir werden sie auslöschen. Wir haben von ihren himmelschreienden Taten Kenntnis genommen, von ihrem pathologischen Lügen und Morden, ihrer Infizierung unseres Gemeinwesens, aber wir haben das Ruder in der Hand. Sie werden verschwinden. Sie werden in der Feuerprobe unserer Macht vergehen. Sie werden die Jagdhunde sein, die der Pfeife ihres Herrn nicht gehorchten.«

Als er aufhörte zu sprechen, herrschte ergriffenes Schweigen. Ihm so nah zu sein hatte ihnen etwas gegeben, ein Reis der Hoffnung. Ich dagegen hätte am liebsten ausgesprochen, was mir auf der Zunge lag: *Sir, Sie sitzen nur wenige Meter von mir entfernt, aber Sie sind Lichtjahre entfernt von den Mädchen in ihrer grausamen Gefangenschaft. Sie waren nicht dort. Sie können nicht wissen, was man uns angetan hat. Ihr Leben, Sir, ist von der Macht bestimmt, und unseres von der Machtlosigkeit.* Ich dachte an meine Freundinnen, die in diesem Moment wohl unter der Tamarinde saßen, manche durch die Bombardierung verstümmelt, manche erneut schwanger, von Insekten geplagt und gepiesackt, die immergleichen vorgeschriebenen Gebete murmelnd. Meine Beraterin ahnte meine Erregung und mahnte mich, still zu sitzen und mich zu benehmen.

Nachdem er seine Rede beendet hatte, schritt der Präsident langsam durch den Mittelgang, seine Befehlsempfänger vor sich, und genoss die ehrfurchtsvolle Bewunderung, während die Mütter einander mit Tränen in den Augen fest an den Händen hielten, in dem Bewusstsein, dass sie nie wieder einen so hehren Moment erleben würden.

Die Dame in Blau war ein einziges Lächeln, sie sprach lobend von meinem Mut, meiner Entschlossenheit, meiner Courage, meiner inneren Haltung. Ein unwegsamer Wald sei kein Ort für ein Mädchen, das allein unterwegs sei, und doch hätte ich überlebt, mich durchgeschlagen.

Sie sagte kein Wort von meiner Gefangenschaft und erwähnte auch Babby nicht. Sie reichte mir die Hand der Freundschaft und sagte, durch meine Rückkehr hätte ich all den anderen Müttern einen Keim der Hoffnung ins Herz gelegt. Es komme ihr vor, als wäre ich ihre eigene Tochter, die ihr in tiefster Nacht genommen und bei Tagesanbruch zurückgegeben worden sei. Die Leute waren so bewegt von ihrer Aufrichtigkeit, ihrer Offenheit, dass sie sich erhoben, ihr entgegenwogten und »Mama, Mama« skandierten, und sie dankte ihnen überschwänglich. Sie alle, sagte sie, seien ihre Leute, sie bete Tag und Nacht für sie, ja sie seien, neben einer bestimmten Fußballmannschaft, der sie sehr zugetan sei, ihre Familie, so wie auch all die Mütter, die in fernen Dörfern festsäßen und weder die Mittel noch das Privileg hätten, hierherkommen zu können, in diese exklusive Umgebung.

Mit gedämpfter Stimme bat sie sodann um Nachsicht. Sie wisse, dass jede von ihnen gern etwas Zeit mit mir allein hätte, aber es sei zu früh, die Seele sei noch wund. Sie möchten doch bitte Rücksicht nehmen. Mich nicht mit Fragen überschütten, denn ungeachtet meiner Haltung und meines schönen Kleides sei ich noch labil. Einfacher ausgedrückt, sollten sie mich als jemanden betrachten, der gerade in winzigen Schrittchen ins Leben zurückkehrt.

»Wir streben eine sanfte Landung an«, sagte sie, immer noch lächelnd, und dann gab sie Mama ein Zeichen, führte uns zu einem Festzelt und sagte, jetzt sei es Zeit, zu feiern, eine Heldin wieder in der Heimat willkommen zu heißen.

Die Musik war ohrenbetäubend. Leute redeten, aßen, tanzten. All ihre wilden Hoffnungen in diesen einen Tag gedrängt. Ich hielt mich abseits, wollte ein bisschen für mich sein.

Ein großes Mädchen mit weißem Schleier kam auf mich zu. Der Schleier war mit goldenen Sichelmonden bedruckt, trotzdem sah sie aus, als wäre sie in Trauer. Zuerst sagte sie nichts, dann aber brach es regelrecht aus ihr heraus, als hätte sie über lange Zeit mit niemandem gesprochen. Erst als sie meinen Namen sagte, erkannte ich sie. Es war Rebeka, die an jenem ersten Abend, als der Laster schlingernd zwischen den ersten Bäumen hindurchfuhr, hinuntergesprungen war.

»Ich habe gebetet … Ich habe Gott gefragt, ob das böse Menschen sind … und ihn gebeten, uns bei der Flucht zu helfen. Gott hat mir geantwortet. Und ich habe dir zugeflüstert, dass du auch springen sollst.«

Es war, als erlebten wir diesen Moment noch einmal: wie der Laster langsamer fuhr, andere Lastwagen hinter sich, und Rebeka aufstand, einen vorragenden Ast ergriff und den Sprung riskierte, in der Annahme, ich käme nach, da sie mich so inständig darum gebeten hatte. Ich hörte den Aufprall, dumpf und weich, weil der Boden so lehmig war. Sie schilderte mir, wie sie allein dort gelegen hatte, überzeugt, dass man von den nachfolgenden Lastern aus ihre weiße Bluse im Mondlicht würde leuchten sehen. Aber nichts geschah. Als alle Lastwagen vorbeigefahren waren, stand sie auf, musste aber feststellen, dass sie kaum gehen konnte. Sie versteckte sich im Schutz einiger Bäume und blieb dort, bis der Morgen graute.

Dann machte sie sich auf den Weg, war überzeugt, bald die rauchenden Überreste der Schule zu sehen, doch tatsächlich war sie schon zu weit entfernt. Sie traf einen Bauern, der sie fragte, ob sie eines der entführten Schulmädchen sei, und als sie das bejahte, ergriff er entsetzt die Flucht. Später begegnete sie einem Mann, der einen Karren mit Feuerholz zog, an einem Seil, das er an der Deichsel befestigt hatte, und als er sie dahinstolpern sah, hatte er Mitleid mit ihr, obwohl er ahnte, was sie war. Sie saß auf dem Holzstapel, bis sie in Sichtweite eines Dorfes kamen, dann musste sie absteigen. Er riet ihr, sich an den Weg zu halten, so schwer er auch zu erkennen sein mochte, weil das Unterholz zu einem großen Teil vermint war.

Der Rauch von der Schule hatte sich fast gelegt, doch der Geruch hing noch in der Luft. Der Boden war von weißgrauer Asche überzogen, hier und da lagen verkohlte Bücher und halb verbrannte Schultaschen herum. Auf dem Gelände herrschte Chaos, Kinder mit ihren Müttern, Eltern, die nach Neuigkeiten fragten, Lehrer, die gegeißelt wurden, weil sie nicht mehr getan hatten, um die unschuldigen Mädchen zu beschützen.

Eine Frau brachte ihr eine Schüssel mit Wasser, damit sie sich die Füße waschen konnte. Ihre Eltern, sagte man ihr, würden am nächsten Tag kommen. Als sie dann kamen, waren alle so überwältigt, dass keiner von ihnen ein Wort herausbrachte. Sie weinten einfach nur, weinten und hielten einander fest. Auch auf der Heimfahrt im Bus weinten sie, und als sich herumsprach, dass sie das geflohene Mädchen war, wurde spontan applaudiert.

Bei der Begrüßungsfeier ein paar Tage später hatten

die Leute für Essen und Geschenke zusammengelegt. Sie bekam Kämme für ihr Haar. Doch schon nach wenigen Wochen begannen die Schwierigkeiten.

Ungläubige ... Ungläubige, hatte jemand an die Wände geschmiert, und alle wussten, was das zu bedeuten hatte. Jemand hatte sie denunziert. Die Dschihadis würden kommen und nicht nur sie, sondern auch ihre Familie und das ganze Dorf büßen lassen. Sie musste fort. Tief bewegt erzählte sie mir, wie ihre Familie gebetet und getrauert habe. Sie versicherten Rebeka ihrer tiefen Liebe und gaben ihr Äpfel für die Reise mit. Sie wurde zwischen Getreidesäcken auf einem Lastwagen versteckt, selbst in einen dieser Säcke gezwängt, wo sie fast erstickte, und so ging es quer durchs Land, eine weit längere Fahrt als die vorige.

In der Stadt nahm eine Amerikanerin sie auf, die eine Wohltätigkeitsorganisation leitete, und half ihr, wieder auf die Beine zu kommen. Sie ermunterte sie, zu lesen und die Wörter, die sie nicht verstand, aufzuschreiben. Man gab ihr eine Reihe englischer Geschichten zu lesen, in denen es um die verrückten Abenteuer eines Hundes ging, zwar eine hübsche Geschichte, aber nichts für Rebeka, die Geschichte ließ sie kalt.

Nach einem halben Jahr musste sie umziehen, und jetzt lebte sie mit zehn anderen vertriebenen Mädchen in einem Wohnheim. Glücklicherweise hatte sie Arbeit gefunden. Sie kümmerte sich in mehreren Kirchen um den Altar, wachste das Gestühl ein, wusch die Altardecken und -tücher und arrangierte die paar Blumen, die gespendet wurden. Vielleicht hatte ich deshalb zuerst gedacht, sie sei irgendeinem Orden beigetreten.

Sie zitterte plötzlich und fragte, ob wir uns irgendwo anders hinsetzen könnten, wo es ruhiger sei.

»Ich werde mir nie verzeihen«, sagte sie leise, und ich sah die Scham, die auf ihr lastete, weil sie uns verlassen hatte.

»Ich habe eine Krankheit«, flüsterte sie.

»Was für eine Krankheit?«

»Die Dschihadis werden mich holen. Sie haben Gewalt über mich.«

»Nein, das werden sie nicht. Das können sie nicht.« Sie zitterte so heftig, dass sie sich an einem Pfeiler festhalten musste. Aber sie wollte nicht, dass ich ihr ein Glas Wasser holte.

»Ich will normal sein«, sagte sie mit eindringlicher Stimme.

»Du bist doch normal«, sagte ich, obwohl ich selbst ziemlich mitgenommen war.

»Vielleicht können wir uns zusammentun«, sagte sie, und dabei lächelte sie zum ersten Mal.

»Ich fahre heim, Rebeka«, platzte ich heraus, ich konnte nicht anders.

»Sie werden dich ablehnen ... Sie werden dich rauswerfen«, sagte sie in hässlichem, boshaftem Ton.

»Ich habe ein Kind.« Ich hielt es für klüger, ihr das zu sagen.

»Ein Kind!« Sie war entgeistert. Das war ihr größter Wunsch. Ein eigenes Kind, sein Herzschlag neben ihrem, ein kleiner Gefährte in ihrem Leben.

Sie verkündete abrupt, dass sie jetzt gehen müsse.

Ich sah ihr nach, wie sie davoneilte, eine Flüchtige, sie schlängelte sich durch die Menge, und das Gold in ihrem

Schleier schimmerte in der Sonne. Sie konnte dieses Firmament der Macht gar nicht schnell genug verlassen. Ich hatte ihre einzige Hoffnung zerstört.

Ich wundere mich, als meine Mutter verkündet, dass wir uns an den Swimmingpool setzen werden, nachdem sie doch die ganze Zeit so reserviert war. Wir haben die vergangenen sechsunddreißig Stunden in einem Grandhotel verbracht, wo man uns eingemietet hat. Das Hotel hat neunundzwanzig Stockwerke.

Es ist Abend.

Wir suchen uns einen Tisch in einer ruhigen Ecke, denn eine Party ist im Gange, und es wird laut geredet. Man lässt Luftballons steigen, die ziellos umherschweben. An den Bäumen hängende Kalebassenlampen verbreiten ein flüssig wirkendes Licht, und winzige Lämpchen sitzen wie hingezaubert im Grün. Doch trotz dieser schönen Umgebung ist meine Mutter missmutig.

Sie hat gesagt, dass sie mit mir reden will. Sicher wird es erst um meinen Vater gehen und dann um meine Gefangenschaft. Ich fühle mich unbehaglich. Kellner in schmucker Uniform flitzen mit Tabletts voller Getränke herum, und obwohl sie so schnell unterwegs sind, stoßen sie nie zusammen. Man hört die Paarungsrufe von Fröschen, und einer der Partygäste nimmt das Quaken zur Belustigung der anderen auf.

»Bestien. Schlächter«, sagt sie und schaut mich an, als sollte ich wissen, was jetzt kommt, dann sagt sie: »Meine Männer sind tot.« Sie platzt damit heraus. Ich wusste ja, dass mein Vater gestorben ist, aber jetzt sagt sie mir, dass auch Yusuf tot ist.

»Tot?«, frage ich ungläubig. Bei der Vorstellung, in ein Haus ohne Vater und Bruder heimzukehren, breitet sich eine schwarze Leere in meinem Innern aus.

»Sie konnten mir nur noch sein gutes blaues Hemd bringen«, sagt sie, und in ihrer wirren Vorstellung umklammert sie immer noch das Hemd, als hätte man es ihr gerade erst gereicht.

Ich versuche, ihr eine Frage zu stellen, aber sie redet unzusammenhängend, springt in der Zeit vor und zurück, von Gespenstern heimgesucht.

Die JAS-Kämpfer, wie sich die Milizionäre selbst nennen, begannen nach Einbruch der Dunkelheit vorbeizukommen, um Yusuf zu überreden, einen Pakt mit ihnen zu schließen. Sie wussten, wie sehr er mich vermisste. Sie hatten seine Zeichnung von mir gesehen, die an der Kirchentür hing. Gegen eine bestimmte Summe, sagten sie, könnte ich da rausgeholt werden. Das sei machbar. Andere Mädchen seien in Nullkommanichts von genau diesem geheimen Ort weggeholt worden. Einem Ort, zu dem sich unsere Soldaten und die Bürgerwehr nicht vorwagten, weil ihnen das zu gefährlich war. Das geforderte Lösegeld war astronomisch, und er musste monatliche Teilzahlungen leisten. Das hatte sie alles später von den Männern erfahren, die ihn gefunden und begraben hatten. Er hatte aufgehört, zur Schule zu gehen, und parallel für drei Speditionsfirmen gearbeitet, für die er Nutztiere und Mais in verschiedene andere Städte transportierte. Und weil er in diesen Städten ein Fremder war, hatte er dort beliebig oft Blut spenden können. Er verdiente Geld, wie und wo er nur konnte. In einer alten Badewanne im Garten fand sie angespartes Geld und hielt das zunächst für ein Anzeichen, dass er weggehen wollte.

»Alles war vorbereitet, für eine Nacht im Oktober.«

»In welchem Oktober?«, frage ich. Ich muss es wissen.

»In welchem Oktober!« Harsch wirft sie mir vor, gefühllos zu sein, während ich doch zugleich das einsame Feld und meinen abgeschlachteten Bruder vor mir sehe.

»Du siehst das nicht vor dir … nicht so wie ich«, sagt sie. Ich strecke ihr über dem Tisch die Hand hin. Sie will meine Hand nicht. Es ist ihre Trauer, ganz allein ihre. Sie gleicht jetzt einer Dämonin, reißt sich die Extensions vom Kopf, schleudert sie weg, heftig, hasserfüllt, als wären es tote Ratten. Leute schauen zu uns herüber, fragen sich, ob sie eingreifen sollten.

»Red mit mir, Mama …«, flehe ich.

Für einen Moment wird sie traurig, sie erinnert sich an die Stille jenes Abends, als sie in der Küche wartete, die Bibel in der Hand, die sie zwar nicht lesen konnte, die ihr aber dennoch Kraft gab. Yusuf war gerade wiedergekommen, nachdem er drei Tage fort gewesen war. Sie wärmte sein Abendessen zwischen zwei Blechtellern auf. Er wirkte erschöpft und zerfahren. Er ging in sein Zimmer und kam kurz darauf in seinem besten blauen Hemd wieder heraus. Er sagte, er treffe sich gleich mit einem Geschäftsführer, der ihm einen anderen, besser bezahlten Job angeboten habe. Dann ging er. Das war das Letzte, was sie von ihm hörte, bis diese Männer nach Mitternacht bei ihr an die Tür klopften.

Die Worte quollen wie Lava aus ihr hervor, sie rekonstruierte Yusufs Tod, Yusufs grässlichen Tod, und es ist, als wäre sie nicht seine Mutter, der zwei Arbeiter davon berichtet hatten, sondern das Medium, dem es oblag, Rache zu üben.

Yusuf ist tot, und ich bin noch da. Sie gibt mir die Schuld. Wenn ich nicht der Liebling meines Vaters gewesen wäre, wenn ich nicht darauf bestanden hätte, weiter zur Schule zu gehen, wenn ich nicht in diesen Bus gestiegen wäre, dann wäre ihnen das alles nicht widerfahren. Die anklagenden Wenns hingen in der Luft wie die ersterbenden Paarungsrufe der Frösche. Ich wollte Versöhnung. Ich war zu Hause, jedenfalls fast. Ich streckte ihr noch einmal die Hand hin, aber sie riss nur weiter an ihren Zöpfen wie eine wahnsinnige Göttin, schleuderte sie herum, als wären sie das Böse schlechthin.

Die Leute gafften jetzt unverhohlen.

»Wir sollten besser hochgehen«, sagte ich.

»Ich bin dir peinlich«, sagte sie.

Ein Betrunkener kam auf uns zu, bemühte sich nach Kräften, einigermaßen würdevoll zu gehen. Er wollte uns zu einem Drink einladen, aber meine Mutter lehnte ab. Er sagte, es sei doch viel zu schön hier für Unstimmigkeiten, verwies auf die Lichter, imitierte die Paarungsrufe der Frösche und schalt mich, weil ich ungehorsam gegen meine Mutter gewesen sei. Die Mütter, behauptete er, seien das Rückgrat dieses Landes. Seine Freunde kamen und zerrten ihn weg, und sie wankten zusammen davon.

Die Stille war tödlich.

»Babby wird uns wieder zusammenbringen«, sagte ich nach einer Weile. Das machte das Maß voll. Ihr Gesicht versteinerte, nur ihr Mund zuckte. Ich dachte an die steinernen Weihwasserbecken in der Kirche, in die man die Finger eintaucht. Nie wieder würde ich die Finger in das Herz meiner Mutter eintauchen können.

In meinem Innern zerbricht alles. Ich will ihr wehtun, ihr alles, was man mir an Groteskem und Entsetzlichem angetan hat, unter die Nase reiben. Ich habe Angst vor ihr. Ich hasse sie. Bloß weiß ich nicht mehr, was Hass ist, oder Angst, oder Liebe. Ich habe ein Baby, und ich vermisse meine Kleine. Ich möchte ihren Herzschlag neben meinem spüren. Mein Bruder Yusuf wird nicht da sein, um uns zu empfangen, wenn wir nach Hause kommen.

Mama steht auf und geht mit gesenktem Kopf davon, achtet auf jeden Schritt, den sie tut, als hätte sie Angst zu fallen.

Die Lichter erlöschen, eines nach dem anderen.

In dieser Atmosphäre der Verlassenheit schweben die Ballons in der Luft, schlaff, herrenlos, gleichgültig.

Mein letzter Eindruck von der Stadt war der Blick auf unser Hotel, das zu wanken schien. Unten auf der Straße eine gebückte Bettlerin, die mit runzliger Hand Abfälle zusammenfegt. Wir fahren nach Hause, Mama und ich.

Als der Wagen an einer Stelle, wo die Baumkronen ein Laubdach bildeten, wegen des starken Verkehrs langsamer fuhr, fiel ein Schwarm von Geldwechslern in weißen Kaftans über uns her. Sie streckten ihre spindeldürren Arme durch die Autofenster herein und boten uns unter lautem Geschrei ihre Dienste an. Unser Fahrer versuchte sie zu verscheuchen, aber sie waren hartnäckig, wedelten mit Bündeln von Geldscheinen, und jeder von ihnen behauptete, bei ihm bekämen wir den besten Wechselkurs, erst das mehrmalige laute Hupen des Fahrers vertrieb sie schließlich.

»Ich passe auf euch auf … Ich bringe euch wohlbehalten nach Hause«, sagte er. Er war sehr stolz auf sein großes Auto und erzählte uns, die Regierung habe es eigens in Kanada bauen und mit der neuesten Technik ausstatten lassen.

Die vergangenen turbulenten Tage verschwammen in

meinem Kopf – die drückende Hitze, die Ansprachen, die dröhnende Musik und, wie eine Erscheinung, Rebeka.

Es saßen noch zwei andere Passagiere im Wagen, zwei Männer, der eine hatte einen schmutzigen Schal vor dem Gesicht und die Augen halb geschlossen. Er hieß Esau. Der andere, ein Engländer, saß vorne neben dem Fahrer, er drehte sich zu uns um und sagte, er habe für zwei Plätze bezahlt, weil er so ungelenke lange Beine habe. Er sagte das einfach, um nett zu sein. Er und der Fahrer waren sofort miteinander ins Gespräch gekommen, und Esau, der sich übergangen fühlte, beugte sich vor, um mitzuhören.

»Erzähl es ihnen, Esau … Erzähl unseren Gefährten, was dir passiert ist«, drängte der Fahrer ihn. Esau sprach zunächst stockend, schien seine Geschichte aber unbedingt erzählen zu wollen, und ich hatte den Eindruck, dass er das schon oft getan hatte.

Ich habe Land verloren. Ich habe Binta verloren. Ich habe alles verloren. Die JAS-Kämpfer haben sich nicht um uns gekümmert, deshalb haben wir uns sicher gefühlt. Aber dann sind sie eines Abends doch gekommen. Ich habe gerade die Tauben in ihren Verschlag gebracht, Binta und ich hatten nämlich Turteltauben. Ich habe Schüsse gehört. Die Leute haben geschrien und sind weggerannt, und ich bin auch weggelaufen, so wie alle anderen. Binta war noch nicht zurück. Sie war zum Markt gegangen, um ihre Tontöpfe zu verkaufen. Einige Leute haben sich nach einer Woche oder so wiedergefunden, im Busch, in Gemeindehäusern, in ausgetrockneten Brunnen oder in Höhlen in dem Berg, der an den Wald angrenzt, aber wir hatten dieses Glück nicht.

Seine Gefühle übermannen ihn, als er die Tontöpfe beschreibt, die Binta selbst machte, größere, um Wasser kühl zu halten, und kleinere, um Palmöl und Butter darin aufzubewahren. Sie waren sehr beliebt. Die Leute verschenkten sie. Sie waren von einem tiefen irdenen Braun, aber mit den magischen Farbtönen aus Bintas Phantasie. Hätte er doch nur einen dieser Töpfe mitgenommen, als er floh, dann hätte er jetzt etwas von ihr, woran er sich festhalten könnte.

»Wir finden sie noch ... wir finden sie«, sagte der Fahrer, aber Esau weinte jetzt ganz offen.

Als er seine Fassung wiedergewonnen hatte, erzählte er von einer zufälligen Begegnung mit einem Entwicklungshelfer, der ihm von einer sehbehinderten Frau namens Binta berichtet hatte, die in einem der Lager ihre Zeit damit verbrachte, auf der Straße hin und her zu gehen und darauf zu warten, dass ihr Mann sie abholen kam. Dem Entwicklungshelfer zufolge hatte sie gesagt, selbst auf der Schwelle zur Unterwelt würde sie die Schritte ihres Mannes noch erkennen. Nach einiger Zeit war Esau dorthin gekommen, doch in der Ansammlung trauriger, gebrochener Gesichter sah er keines, das dem seiner Frau ähnelte. Viel später traf er einen Händler und hörte von ihm eine freudige Geschichte, die seine Hoffnung wiederbelebte. Es ging um ein aus der Heimat vertriebenes kleines Mädchen, dem der Händler in einem anderen Lager begegnet war, wo er geschäftlich zu tun hatte. Das kleine Mädchen hatte einen abgegriffenen Zettel mit einer Telefonnummer, von der sie glaubte, es sei die Nummer ihres Onkels, der aus ihrem Dorf geflohen war, als der Krieg begann. Der Onkel war in den

Bundesstaat Plateau gezogen, und sie hatten gehört, dass er dort als Mechaniker in einer Autowerkstatt arbeitete. Dieser Zettel war alles, was das Mädchen vom Abgrund trennte. Sie hatte ihn in der Tasche ihres Vaters gefunden, der mit anderen zusammen hingerichtet worden war. Sie fragte den Händler, der doch so viel reiste, ob er versuchen könnte, den Onkel ausfindig zu machen und in Erfahrung zu bringen, ob sie wirklich Blutsverwandte waren. Wie sich herausstellte, waren sie es. Sie arbeitete Tag und Nacht, half auf einem Hof in der Nähe des Lagers, und eines Nachts lief sie davon, ohne dem Verwalter vorher Bescheid zu sagen. Sie legte ihre Reise hauptsächlich zu Fuß zurück, hatte immer Hunger und immer Angst. Der Onkel war sprachlos, als sie eines Tages in seine Werkstatt trat und ihn um Hilfe bat. Er hatte eine neue Frau und drei Kinder, und es würde nicht leicht sein, seiner Frau zu vermitteln, dass es ein weiteres Maul zu stopfen gab. Doch die Familie nahm sie auf. Der Händler erfuhr das Monate später, als er sie mit Latzhose in der Werkstatt antraf, wo sie nun mitarbeitete.

Damit die Stimmung nicht kippte, erzählte jetzt der Engländer eine Geschichte. Nach Abschluss seines Studiums hatte er, den Kopf voller Pläne, beschlossen, zunächst für kurze Zeit hierherzukommen, etwas Feldforschung zu betreiben und auf deren Basis vielleicht eine Doktorarbeit zu schreiben. Doch stattdessen war er fast acht Jahre geblieben, war ausgiebig gereist und hatte viele Abenteuer erlebt. Er hatte in der Sahara unter freiem Himmel geschlafen – ein Bilderbuch-Sternenhimmel, sagte er. Dort hatte er gelernt, wie er gemäß der örtlichen Tradition etwas über seine eigene

Zukunft erfahren konnte. Wenn er eine Sternschnuppe sah, sollte er rasch, bevor sie wieder verschwand, eine Handvoll Sand nehmen, diesen in ein Tuch binden und darauf schlafen. Das Muster, das sich dabei bildete, symbolisierte seine künftigen Geschicke, allerdings hatte er leider völlig vergessen, was die verschiedenen Formen jeweils bedeuteten.

Dann zeigte er auf eine langgezogene Bergkette in der Ferne und erzählte uns, dass er bei einem Stamm gelebt habe, dessen Vorfahren sich schon vor Hunderten von Jahren dort niedergelassen hatten. Sie wussten nichts von dem Leben in der Ebene. Sie wussten nicht, wer das Land regierte, wussten nichts von dem Ölboom, der gekommen und gegangen war. Wenn es einen Konflikt gab, was gelegentlich vorkam, war es Aufgabe der Ältesten, ihn zu schlichten. Sie waren vollkommen autark. Auf kleinen Feldern zwischen den Steilhängen kultivierten sie Getreide, und sie legten Terrassen an, auf denen kletterndes Gemüse wuchs. Ein überall wucherndes störrisches Gesträuch hatten sie zu einer Art Zaun verflochten, der sie nicht nur vor den Winden aus der Sahara schützte, sondern auch ein Brutplatz für Perlhühner war und einmal im Jahr einen Schwarm lindgrüner Schmetterlinge auf ihrer wundersamen Wanderung beherbergte.

In den vergangenen Jahrhunderten, erklärte er uns, habe die Kavallerie der Haussa ihre alljährlichen Turniere hier oben ausgetragen. Diese Feierlichkeiten dauerten tagelang, er hatte in alten Almanachen Berichte darüber gefunden. Verschiedene Sorten Fleisch, Wild, Geflügel und Palmwein wurden serviert, und zwischen den einzelnen Gängen aß man Blüten, zum Beispiel von Ringelblumen, um die Verdauung zu fördern. Die Köche kamen aus Arabien, und ihre Küche war so raffiniert, dass die äußere Haut und das Federkleid von Pfauen vor der Zubereitung entfernt und danach kunstvoll wieder um das Fleisch drapiert wurden, damit die Vögel aussahen, als lebten sie noch. Von jenseits des Roten Meers kamen renommierte Sänger und Geschichtenerzähler, und einer der Fabeldichter war dafür bekannt, dass er die ganze Nacht hindurch erzählen und die Zuhörer in Trance versetzen konnte.

Weil er den Umgang mit dem Pflug zu meistern gelernt hatte, bot ihm der oberste Emir an, sich eine seiner vierzehn Töchter zur Ehefrau zu nehmen. Tatsächlich hatte er weder die Töchter noch deren Mütter je zu Gesicht bekommen. Wenn er auf eine Gruppe junger Mädchen traf, die Getreide siebten oder Kolanüsse knackten, um Butter zu machen, verbargen sie immer ihre Gesichter, brachen in schallendes Gelächter aus und klammerten sich in gespieltem Schrecken aneinander, als wäre der Pharao in ihrer Mitte erschienen.

»Dann sind Sie also nicht behext worden«, sagte der Fahrer.

Kaum hatten wir die Stadt hinter uns gelassen, gelangten wir in eine weitere Stadt und dann in eine weitere und eine weitere, jede kleiner als die vorige, aber von quirlendem Leben erfüllt. Leute gingen zu Fuß, Leute fuhren Fahrrad, alte Leute, hager und hungrig, saßen auf den Stufen eines Denkmals für irgendeinen vergessenen Helden. Die Verkaufsstände waren aus Pappe, Segeltuch und Teilen von Regenschirmen konstruiert und im vorderen Bereich mit Waren aller Art vollgestopft. Auf der Straße Stapel von Autoreifen, die mit weißem Plastik abgedeckt waren. Zwischen die Verkaufsstände waren Gotteshäuser gezwängt oder Schilder, auf denen stand *Jesus lebt* oder *Christus ist überall.* Direkt gegenüber wiederum Schilder und Schriftbänder für Allah, daneben große Plakate von Politikern mit makellos weißen Zähnen und vergleichbare Plakate von strahlenden Predigern mit ihren Frauen.

Die Straßensperren wurden primitiver, je weiter wir kamen – Fässer, abgesägte Äste oder einfach umgeworfene Bäume. Wir näherten uns einer Gruppe von Frauen, die uns munter zuwinkten, als wären wir alte Freunde. Der Engländer sagte, das sehe man häufig, Frauen, die aus eigener Initiative die Schlaglöcher füllten. Als Beweis ihrer Tätigkeit hoben sie ein paar Steine hoch. Sie lachten laut. Einige lachten so sehr, dass ich die Lücken zwischen ihren Zähnen sehen konnte. In ihren Augen Neugier und wilde Hoffnung. Wer waren wir, in diesem bedeutend aussehenden Wagen, und wo fuhren wir hin? Sie schienen es uns nicht übel zu nehmen, dass wir ihnen kein Geld gaben, schienen vielmehr von neuem Schwung erfüllt zu sein, als sie uns weiterwinkten.

Beim nächsten Wachposten hatten wir weniger Glück. Ein mürrischer junger Mann leuchtete mit der Taschenlampe in unser Auto, voll offenkundiger Verachtung. Er wollte unsere Papiere sehen. Die Hand meiner Mutter zitterte, als sie ihm ein Blatt reichte, ein handgeschriebenes, über viele Generationen zurückreichendes Verzeichnis ihrer Familie, die Tinte schon rostfarben vom Alter. Der Wachmann lachte höhnisch, und der Fahrer rügte ihn wegen seiner Unverschämtheit. Glücklicherweise ließ sich der Zwischenfall beilegen, indem der Fahrer – widerwillig – ein paar Naira auf die Straße warf, und wir rasten davon.

Mama flüsterte mir zu, sie müsse sich mal erleichtern, und ich antwortete flüsternd, ob sie sich bitte noch etwas gedulden könne. Es wäre mir peinlich gewesen, zu fragen.

»Schaut mal ... Schaut«, sagte der Engländer und deutete auf ein Hirsefeld, dessen grüne Blätter sich im Wind bewegten – in den Furchen hockten Frauen und pflückten Bohnen, die an den Hirsestängeln gezogen wurden. Ich sah Muster aus nadelartigem Grün in kleinen Inseln von Wasser, wusste aber nicht, was das war. Der Engländer sagte, das sei Reis, der erst seit wenigen Jahren hier angebaut werde. Das bringe zwei Ernten und bedeute weniger Hunger.

Schließlich hielt der Fahrer an einer Tankstelle und fragte, ob die Damen vielleicht in den »Waschraum« wollten. Zur einen Seite hin befand sich ein kleiner Bau, auf dem in schwarzen Buchstaben *Moschee* stand, allerdings verschwanden einige der Buchstaben in der Körnung des Zements. Am Eingang standen drei Kessel, in verschiedenen Farben, aber alle ohne Deckel. Es gab auch ein mit Tinte beschriftetes Schild, auf dem *Damen und Herren* stand, mitsamt einem Pfeil, dem wir folgten. In dem Verschlag für die Herren sahen wir einen Mann, dessen Kopf über die Trennwand ragte, er drehte sich mit finsterer Miene zu uns um. Der Verschlag für die Frauen hatte eine Tür, die aber abgeschlossen war. Meine Mutter war ganz aufgeregt. Sie bat mich, aufzupassen. Ich hörte es gegen die Wand spritzen, und sofort floh eine Schar

Ameisen auf trockeneren Boden. Meine Mutter rief mich, damit ich ihr half.

Als wir zum Auto zurückgingen, sah ich ein Mädchen, kaum älter als ich, das auf einem Haufen Lumpen saß und wilde Selbstgespräche führte. Sie murrte und schimpfte und benutzte die Lumpen, um nach Fliegen und nach Schaulustigen zu schlagen. Ich wollte ihr etwas aus unserer Tasche geben, aber meine Mutter zog mich fort und sagte, das sei eine von den Wahnsinnigen. Bei Einbruch der Dunkelheit werde man sie auf die Polizeistation bringen und dann nach ein paar Stunden wieder freilassen, oder irgendein Mann werde sie ins Gebüsch zerren.

Auf einem einsamen Straßenabschnitt rief der Engländer plötzlich: »Halt, halt!« Es kam völlig unvermittelt. Am Straßenrand stand ein kleines Mädchen, das eine Schüssel Orangen in der Hand hatte, an der anderen Hand hielt sie einen Jungen, vermutlich ihren Bruder. Der Engländer stieg aus, und wir sahen, wie er etwas sagte und ihr dann Geld reichte, während sie ihm die Orangen in ein großes Tuch kippte. Sie küsste den Boden, nachdem er wieder eingestiegen war. Mit einem Taschenmesser begann er die Orangen zu schälen. Er tat das sehr gekonnt, löste die Schale spiralförmig in einem Stück ab, sodass sie hinterher fast wieder aussah wie eine richtige Orange. Er halbierte die Früchte, entfernte die Kerne und verteilte die Stücke gerecht unter uns. Es war ein unverhoffter Moment der Fröhlichkeit, wie wir da schlürften und schmatzten, während uns der Saft das Kinn herunterlief, und wir aßen alles, auch die weißen Fasern. Wir waren uns einig, dass das die süßesten Orangen waren, die wir jemals gegessen hatten.

Nach einiger Zeit passierten wir die niedergebrannten Dörfer, Ruinen von bebender Schwärze, die Bambusstangen, auf denen die Hütten gestanden hatten, verkohlt und schief, und alles von einem seltsamen schwarzen Pilz überwuchert. Das Traurigste waren die leeren Fensterlöcher, aus denen einst Menschen in die Welt hinausgeblickt hatten.

Wir schwiegen eine Weile, hingen alle unseren eigenen Gedanken nach, während das Auto durch die Schlaglöcher immer wieder ins Schleudern geriet und Steine wegspritzten, denn der Fahrer hatte offenbar beschlossen, die verlorene Zeit wieder wettzumachen.

Als ein Telefon klingelte, schraken wir alle zusammen, und dem Engländer wurde plötzlich bewusst, dass er fast am Ziel war. Er sprach leise, doch die Leute am anderen Ende redeten aufgeregt, fielen einander ins Wort und fragten, wie lange er denn noch brauchen werde. Danach gab er Mama, mir und dem alten Mann ganz förmlich die Hand und schenkte uns ein paar Bonbons. Vor der Ruine eines Hauses hielt der Wagen mit quietschenden Reifen an, und seine Freunde, die ihn bereits erwarteten, traten vor, um ihn zu begrüßen. Sie umarmten einander und gingen dann zusammen einen steilen Hügel hinauf, und wir sahen, wie sich im unruhigen Licht der Taschenlampen ihre Schatten kreuzten.

Wir fanden es alle schade, dass er ging.

Esau setzte sich nach vorne. Es war jetzt fast Nacht. Die Bäume sahen dunkler aus, und zwischen ihnen lagen lilaschwarze Schatten. Alles wirkte so trostlos, so ärmlich, und ich musste an das zitternde Kind am Straßenrand denken, das die paar Orangen verkauft hatte und daraufhin dankbar niedergekniet war. Jetzt war am Straßenrand niemand zu sehen, da war nur eine einsame Gestalt, die mit einer Matratze auf dem Kopf Richtung Busch ging, und ein Junge, der versuchte, eine Herde weißer Ziegen zusammenzuhalten. Ich malte mir aus, wie die vollbusige Auntie mir Babby überreichte, der die Verblüffung darüber, mich wiederzusehen, förmlich aus den Augen sprang, wie sie mich erst nicht küssen wollte, um mich ein bisschen dafür zu bestrafen, dass ich sie allein gelassen hatte, dann schließlich am Kragen meiner Bluse nuckelte und mich so wieder annahm.

Der Berg war eins mit dem Himmel, ein wabernder schwarzvioletter Dunst.

»Der alte Norden ist tot, und die alten Kulte sind verschwunden«, sagte Esau, den Arm ehrerbietig erhoben.

Es war die Geschichte von einem Jungen und einem Stier. Der Junge war sein Großvater, den man auserwählt und drei Jahre lang unterwiesen hatte. Es war ein altes Opferritual, das jedes Jahr vollzogen wurde, um den Gott, der in diesem Berg schlief und für die Ernten verantwortlich war, zu besänftigen. Wenn der Gott nicht genug zu essen bekam, mussten die Menschen hungern.

Am betreffenden Tag wurden dem Stier die Vorder- und Hinterbeine zusammengebunden, und vier Jugendliche führten ihn abwechselnd am Strick. Der Stier brüllte und stemmte sich gegen Mensch und Strick. Er wollte nicht auf den Berg. Er wusste Bescheid. Auf halbem Weg ging er in die Knie und legte sich hin, wollte sich nicht mehr rühren.

Scharen von Männern folgten ihnen, und eine noch größere Menge, auch alles Männer, war schon die ganze Nacht oben auf dem Berg gewesen und hatte darum gebetet, dass der Stier den Gott zufriedenstellen würde. Seit vierundzwanzig Stunden brannte dort oben ein Feuer, ein so mächtiges, dass sein Lichtschein bis in die Nachbarstaaten zu sehen war.

Sein Großvater hatte nur ein kleines Messer dabei, dessen beinerner Griff sich genau in seine Handfläche schmiegte. Er war von Angst und zugleich von freudiger Erregung erfüllt, Mann und Stier einander so nah, dass jeder die Angst des anderen riechen konnte. Er wusste, dass der erste Stoß der entscheidende war, das hatte man ihn gelehrt. Der Moment kam. Die Menge verstummte schlagartig. Der Großvater, so berichtete er es später selbst, packte den Stier mit einer Hand am Horn und stach das Messer mit einer Geschicklichkeit, deren er sich keineswegs sicher gewesen war, genau in die Halsschlagader, woraufhin das Blut in einem gewaltigen Schwall hervorschoss und der Stier seine rasende Klage herausbrüllte. Der Gott war besänftigt. Seinem Großvater war von diesem Urmoment später nur noch das Blut in Erinnerung, das überall war, und das tief aus den Eingeweiden kommende Geheul der Menge. Andere halfen ihm dann, den Stier zu töten, der kämpfte und immer wieder angriff, bis auch der letzte Lebensfunke erloschen war. Als seine Beine schließlich einknickten und er leblos dalag, wurde er auf einem Karren zum Feuer geschafft und über die lodernden Flammen gehievt, in die man bereits Wacholderblätter geworfen hatte. Bis auf die Innereien wurde der Stier komplett verzehrt.

Esau erinnerte sich an das Messer, das im Haus seines Großvaters einen Ehrenplatz innegehabt hatte, und an die Kommentare von Besuchern, die sich stets wunderten, wie klein die Klinge war. Er hatte es im Laufe der Jahre immer mal wieder in die Hand nehmen dürfen, und oft war er allein hingegangen, um es einfach nur zu berühren und seiner Geschichte nachzuspüren.

»Wir sind fast da, meine Damen«, sagte der Fahrer zu uns gewandt. Esau war eingenickt, kaum dass er fertig erzählt hatte.

Als wir in unserem Dorf ankamen, brannte kein einziges Licht. Der Fahrer half uns aus dem Wagen, und Mama entschuldigte sich dafür, dass wir den beiden kein Gästezimmer anbieten konnten. Er versicherte uns, dass Esau und er auf dem Rückweg ein Hotel finden würden.

»Kein Mangel an Hotels«, sagte er unbekümmert, als wären wir gerade eben erst durch eine belebte Stadt nach der anderen gekommen. Im Vertrauen erfuhren wir, dass er Esau, wann immer möglich, mitnahm. Esau verbrachte seine Tage damit, sich an Busbahnhöfen und Taxiständen herumzutreiben und Fremde zu fragen, ob sie zufällig einer sehbehinderten schönen Frau namens Binta begegnet seien.

»Hoffnung ist besser als keine Hoffnung«, sagte der Fahrer, und Mama und er wünschten einander alles Gute.

Unsere Küche roch traurig. Selbst im Dunkeln spürte ich die Unordnung, eine Atmosphäre der Verwahrlosung. Mama tastete nach Streichhölzern und zündete die Petroleumlampe an. In ihrem flackernden Licht sah ich zweierlei: Yusufs blaues Hemd, Symbol seines Märtyrertods, das mit Reißzwecken an der Wand befestigt war, und einen hochgewachsenen Mann, der aus dem Schlafzimmer trat. Ich nahm an, dass das mein Onkel war. Sie hatte mir erzählt, dass er nach dem Tod meines Vaters gekommen war, nicht aber, dass er jetzt hier wohnte. Er trug eine Baseballkappe mit dem Schirm nach hinten und hatte sich eine Jacke über seine Nachtkleidung gezogen. Er sah mich, begrüßte mich aber nicht.

»Hast du gegessen?«, war das Erste, was Mama zu ihm sagte, doch er antwortete nicht.

»Wo ist Babby?«, fragte ich, während ich mich umsah, denn ich hatte noch keinen Mucks gehört. Mama und er wechselten einen Blick.

»Babby ist bei Auntie«, sagte sie.

»Wann kommt sie?«

»Bald«, antwortete Mama schroff.

Sie betüterte meinen Onkel, nahm ein paar Sachen aus dem Geschenkkorb, den man uns mitgegeben hatte, und breitete sie vor ihm aus. Bananen, kleine Gurken, Kekse. Kaum saß er, verlangte er nach Salz.

»Wie bald?«, fragte ich, entschlossen, mich nicht einfach so abspeisen zu lassen. Ich merkte an ihren Mienen, ihrem Zaudern, dass irgendetwas nicht stimmte.

»Geh ins Bett«, rief mein Onkel, also ging ich in mein altes Zimmer. Ich hatte meine kleine Taschenlampe noch und sah, dass das Zimmer zu einem Schrein des Staubs geworden war. Staub haftete an sämtlichen Oberflächen. Das parfümierte Papier war nicht mehr in der Schublade, stattdessen lagen ein paar alte Kleider, Lappen und eine zerbrochene Brille darin, die meinem Vater gehört hatte.

Wenn mein Vater noch hier wäre, würde das alles jetzt nicht geschehen.

Ich weinte, als Mama hereinkam.

»Es liegt nicht in unserer Macht, etwas zu ändern«, sagte sie und stellte die Lampe auf das kleine Tischchen neben dem Bett.

»Warum nicht?«, fragte ich.

»Weil wir Frauen sind.« Sie war über mich verärgert.

Sie gab vor, zu müde für irgendwelche Diskussionen zu sein, zog sich aus und legte sich ins Bett, das Gesicht nach unten. Ich stellte mich vor sie. Ich musste es wissen.

»Das Stigma … Das Stigma«, sagte sie schließlich. Dieses Wort hatte sie von ihm, das war mir klar.

»Was für ein Stigma?«

»Schlechtes Blut«, sagte sie, und plötzlich sah ich alles ganz klar, ein nahender Albtraum.

»Sie ist doch ein Kind«, sagte ich.

»Aber das wird sie nicht bleiben … Sie ist belastet … Sie wird eine von denen werden.«

Ich traute meinen Ohren nicht. Ich kniete mich neben das Bett, aber sie wollte nichts mehr sagen.

»Was werden sie mit ihr machen?«, fragte ich. Ich drehte ihr Gesicht zu mir, ihr Blick war krank vor Angst.

»Ich muss es wissen!« Ich schrie es heraus, war völlig außer mir.

»Er wird dich verprügeln, Maryam … er wird dich verprügeln«, warnte sie mich.

Es gelang ihr, die Petroleumlampe auszublasen, und sie flehte mich an, keinen Ärger zu machen, nicht jetzt. Vielleicht hatte er sie ja auch schon verprügelt.

Wir lagen da, in Dunkelheit und Verwirrung.

»Was wird jetzt passieren?«, frage ich. Nur ein Fünkchen Hoffnung, mehr brauche ich nicht. Sie kann es mir nicht geben.

»Das weiß nur Gott«, sagt sie.

Die Willkommensfeier eine Woche später war ein Fiasko. Wir hatten uns einen Grill ausgeliehen. Der Geruch der Gewürze hing in der Luft, und das Fett spritzte.

Mama hatte mir schon gesagt, dass Auntie nicht kommen würde, weil Babby es auf der Brust hatte und keiner zusätzlichen Infektionsgefahr ausgesetzt werden sollte. Ich glaubte es und glaubte es zugleich nicht. Schon als sie kamen, all die Verwandten und Nachbarn, fühlte ich mich wie eine Aussätzige. Hinter ihrem falschen Lächeln, ihrer falschen Überschwänglichkeit konnte ich ihre Gedanken lesen. Ich spürte ihre Bedenken und, schlimmer noch, ihre Verachtung. Ich wusste, was sie von mir dachten: *Dschihadi-Frau, vom Unflat des Sambisa-Waldes besudelt.* Mama sagte, ich solle mich zu ihnen setzen und ihnen allen danken, dass sie gekommen waren. Als sie den Bratenduft rochen, schrien sie ihren Hunger heraus, auch wenn ihnen der Rauch in den Augen brannte. Ich versuchte, mich an all die Namen zu erinnern. Obie, eine alte Frau, für die ich früher oft Feuerholz gesammelt hatte, kam und zerdrückte mir schier die Hand. Sie war den Tränen nahe. Sie wusste, was geschehen war, und sie wusste, dass es zwischen mir und meiner Familie nicht zum Besten stand.

»Nimm Ingwer«, flüsterte sie mir zu, als wäre das meine einzige Hoffnung.

Dann geschah etwas Eigenartiges. Eine Frau, die wir nicht kannten, kam, die Arme schwingend, in den Hof marschiert, das Haar mit unterschiedlichen Bändern und Fäden gebunden. Sie hatte etwas Provokantes an sich. Sie bat um Essen und Trinken, nein, forderte es, doch als man ihr etwas hinstellte, rührte sie es nicht an. Sie hielt den Blick unverwandt auf mich gerichtet und erklärte, ein Geist sage ihr, dass hier ein Gast fehle. Ich wusste, dass sie Babby meinte. Sie ging, ohne das Essen angerührt zu haben, was als undankbar empfunden wurde, und als Onkel ihr hinausfolgte, um zu schauen, in welche Richtung sie ging, war sie verschwunden.

Ich spürte, wie jemand meinen Arm berührte, und als ich mich umdrehte, sah ich Abigail, wie eine Farbenlohe. Wir waren in der Grundschule Freundinnen gewesen, und ich hatte ihr oft beim Lernen geholfen. Ihre Zöpfe, hennafarbene kleine Schlangen, waren auf ihrem Kopf aufgetürmt und umwickelt. An den Enden hingen kleine Metallkügelchen, die klimperten, und eine Glasperle hing ihr auf die Stirn, wie ein Talisman. Ihre Augen waren groß und sanft, ihr Blick klar und zugleich betört. Sie trug einen roten Wickelrock mit passendem Oberteil und fuchsienfarbigen Lippenstift. »Ich bin das Fuchsienmädchen«, sagte sie zu den Frauen, die mit offenem Mund glotzten, und den Männern, die Gleichgültigkeit vortäuschten, während sie ein Stück entfernt ihr Bier tranken. Sie informierte sich in den Magazinen, die ihr

Vater am Wochenende mit nach Hause brachte, über Stil und Farbkombinationen. Er arbeitete als Nachtportier in einer Botschaft in der Stadt.

Als sie mein Telefon in der gestrickten Hülle sah, fragte sie, ob sie es mal anschauen dürfe, und dann starrte sie ewig lange einfach nur darauf. Während ich Monde und Blasen sah, die in einem Nebel aus Markasitkristallen schwebten, sah sie ihren Liebsten, ihren Prinzen, der sie anlächelte und ihr positive Schwingungen sandte.

»Ich bin verliebt«, flüsterte sie und lenkte mich zur Küche, weg von den anderen, die nicht mithören sollten. Dann klemmte sie sich das Telefon zwischen Kinn und Schulter und sprach hinein, ohne eine Nummer gewählt zu haben. Sie denke an ihn. »Ständig. Ständig. Nicht du hast mich mit Aids angesteckt, mein Schatz, denn das würdest du niemals tun. Ich bin dir näher als je zuvor. Wenn wir uns das nächste Mal treffen, reden wir über alles.« Sie versichert ihm, es sei diese blöde Zicke in dem Friseursalon gewesen, wo sie ihre Zöpfe hat flechten lassen, die sie angesteckt habe. Diese Zicke hatte eine Schnittwunde am Finger, und das Flechten dauerte ewig, da hatte sich wohl irgendwie ihr Blut vermischt. In dem Krankenhaus, wo sie jede Woche hinging, versicherte man ihr, dass sie wieder gesund werden würde. Dann fragte sie, fast kniend, ob ich ihr erlauben würde, einmal die Woche mit ihm zu telefonieren, denn dadurch fühle sie sich mit ihm verbunden. Er ging immer zum Freitagsgebet, egal in welcher Stadt er gerade war, so konnte sie ihn aufspüren. An den anderen Tagen war er unterwegs, denn als erfahrener Schreiner und Zimmermann wurde er in vielen Städten gebraucht.

»Ich habe ein Kind«, flüsterte ich.

»Ich weiß«, erwiderte sie flüsternd.

Sie wusste das, weil sie freitagabends, wenn sich die Ältesten nach dem Gebet auf dem Dorfplatz zum Essen trafen, immer helfen musste, die Gerichte hinüberzutragen, allerdings durfte sie den Männern nicht servieren. Und da war von Babby die Rede gewesen. Was mit Babby geschehen solle. Es wurde heftig gestritten. Ein Mann berichtete von einer Geschichte, die er gelesen hatte, einer wahren Geschichte über ein paar Mädchen, die aus der Gefangenschaft zurückgekehrt waren, nur um die Ermordung ihrer Eltern und Großfamilie zu planen. Der Vorschlag, Babby in ein Waisenhaus zu stecken, wurde sofort niedergebrüllt, denn die Waisenhäuser waren alle voll. Auch die Lager waren voll. Onkel wollte, dass sie sofort beiseitegeschafft wurde. Er war eisern. »Das Kind muss weg.« Ein Nachbar bat ihn, etwas Mitleid zu zeigen, schließlich sei ich nicht freiwillig in die Gefangenschaft gegangen, er deutete an, welche Qualen ich durchlitten hätte, und erinnerte daran, dass ich das Kind wohlbehalten durch all die Gefahren des Waldes gebracht hatte, wo ich es doch genauso gut einfach seinem Tod hätte überlassen können.

Abigail merkte, wie sehr mich das alles aufwühlte, sie musste mich zurückhalten, damit ich nicht sofort zu den anderen hinausstürmte. Sie sagte, es werde noch Wochen dauern, bis eine Entscheidung fiel. Es werde eine große Versammlung von Emiren und Ältesten geben, von denen viele erst aus anderen Staaten herreisen müssten, also keine Eile, keine Eile.

Mama ruft mich, damit ich die Desserts auftrage. Es

gibt süße Brötchen, die wir in der Stadt bekommen haben, inzwischen altbacken, doch der Zuckerguss ist noch weich und süß. Außerdem gibt es Obst – Papaya, Sternäpfel, Guaven und Maracujas, geschält, in Schnitze geschnitten und auf einem geliehenen Metalltablett so arrangiert, dass die Farben sich schön ergänzen. Die Gäste unterhalten sich und lachen, lauter, als sie sollten. Alle sind sehr fröhlich, und ich möchte am liebsten sterben.

Pfarrer Reuben kam zu mir, um mich willkommen zu heißen. Er trug denselben alten Kittel wie eh und je, angeblich weil die vier Taschen so praktisch seien. Der Kittel war etliche Male geflickt und ausgebessert worden. Pfarrer Reuben sah älter, dünner und ziemlich mitgenommen aus. Seine Frau war in der Zwischenzeit gestorben, wie er mir erzählte, und die Kirche existierte nicht mehr, jene Kirche, bei deren Bau alle, auch mein Vater, mitgeholfen hatten. Die Leute fuhren jetzt zu großen Kirchen in der Stadt, und alles war moderner geworden – Mikrophone, Lautsprecher, Gitarrenmusik, die nach draußen in den Hof drang, wo die Ziegen und ihre Jungen an allem knabberten, was sie finden konnten. Es ging nicht mehr vorrangig um die Heilige Schrift, sondern eher um Selbsterforschung und Unterhaltung. Er schaute mir in die Augen und sah, dass ich den Tränen nah war.

»Ich habe dich getauft, Maryam«, sagte er laut, und zur allgemeinen Überraschung legte er mir die Hand auf die Schulter, denn er ahnte meine Verzweiflung. Er sagte, einmal in der Woche gebe es in seinem Haus neben der Kirche ein Treffen, zu dem Frauen von überallher kämen, um ihre Geschichten und ihre Bürden zu teilen. Ich sei dort jederzeit willkommen.

Nicht lange danach leerte sich der Hof, und ich blieb mit Mama und Onkel allein zurück.

»Hol den Besen«, sagte Onkel, und ich ging mit dem Besen wieder in den Hof hinaus und begann die Abfälle und verkohlten Holzspäne zusammenzukehren.

Ich sprach mit Babby. Ich wusste nicht genau, wo Auntie wohnte, doch es war irgendwo jenseits der dunklen, unheimlichen Felder, des braunen und schwarzen Morasts, der Reklametafeln und der niedergebrannten Dörfer, und bei Gott, ich würde dorthin kommen und Babby holen.

Am nächsten Morgen und an allen darauffolgenden Morgen ging ich, um auf sie zu warten, so wie mein Vater auf mich gewartet hatte. Ich setzte mich auf den Sitz, den er gebaut hatte. Von dort konnte ich drei Straßen überblicken, und auf einer dieser Straßen würde ein Auto kommen. Das hatte man mir versprochen.

Die Leute, die vorbeikamen, hielten mich für etwas sonderbar, denn sie hörten mich Selbstgespräche führen und das Lied singen, das Buki und ich gesungen hatten, als wir den Wald durchquerten.

Chumi, eine Freundin von Mama, kam und setzte sich zu mir. Sie brachte mir ein Geschenk. Ich hielt das für ein gutes Omen. Es war ein buntes Handbuch mit dem Titel *Nähprojekte leicht gemacht*. Ich würde nähen lernen. Einen Beruf haben. Auf lange Sicht würde ich mir vielleicht als Näherin ein kleines Geschäft aufbauen können. Sie gab sich alle Mühe, mir zu erklären, dass das Nähen durch eine beliebte Fernsehsendung einen regelrechten Aufschwung erlebt hatte. Nähen war nicht mehr nur Hobby oder Pflicht, alle taten es. Als sie in dem Buch blätterte, sah ich farbige Bilder von Socken, Hausschuhen, Federmäppchen und den verschiedensten Taschen. Es gab auch detaillierte Anleitungen, wie man Reißverschlüsse und Schulterpolster einnäht.

Chumi war so nett und freundlich zu mir, dass ich das Gefühl hatte, ich könne ihr trauen. Ob sie mir helfen könne, mein Kind wiederzubekommen? Ob sie sich vielleicht bei meiner Mutter und meinem Onkel für mich verwenden könne? Im Nu war sie aufgesprungen, erregt, zornig, rief mit bitterbösem Blick, was für ein verschlagenes, undankbares Mädchen ich doch sei. Ich müsse mein Schicksal annehmen und meiner Familie helfen, und irgendwann würde ich vielleicht einen Mann finden und neue Kinder in die Welt setzen. Sie stürmte davon, ohne das Nähbuch. Es lag auf meinem Schoß. Ich blickte auf den Einband, auf die Blumenspaliere und die Vögel mit orangefarbener Brust.

Am nächsten Morgen lag der Brief auf dem Sitz, mit einem Stein beschwert. Das Papier war feucht vom Tau. VON EINER NAHEN VERWANDTEN, DIE ANONYM BLEIBEN MÖCHTE stand darauf. Die Worte waren mit Bleistift geschrieben, in einzelnen großen Druckbuchstaben, damit ich die Schrift nicht erkannte. Einzelne Buchstaben waren verwischt, andere besonders fett: DAS JESUSKIND BEFIEHLT DIR, DIESES KIND AUFZUGEBEN.

Alles dreht sich. Ein ganzer Hügel hängt plötzlich im

Himmel. Meine Augen bluten. Scharen von Lämmchen werden zur Schlachtbank getrieben. Sie blöken, blöken, tun ihre letzten Atemzüge.

Das Christuskind sticht zu.

Onkel und Mama brechen zu einer Reise auf. Sie tragen ihre Sonntagskleidung. Sie will mir nicht sagen, wo es hingeht.

Ich kann ungehindert herumlaufen und meiner Wut freien Lauf lassen. Ich rede mit mir selbst. »Das Christuskind hat mir Babby weggenommen. Das Christuskind ist böse auf mich. Mama ist böse auf mich. Onkel ist böse auf mich.«

Ich beschließe wegzulaufen. Habseligkeiten habe ich keine. Ich kenne die Straße, die zum Markt führt, vorbei an den Windungen des gelblichen Flusses. Dann Ackerland zu allen Seiten und wenig später Verkehr, viel Verkehr, die kleinen Tuk-Tuk-Taxis so voll besetzt, dass die Leute zu den Seiten heraushängen, mit ihren Hühnern oder ihrem Mais oder was immer sie auf dem Markt verkaufen wollen. Die Hühner schreien.

Ist der Markt erst einmal erreicht, bin ich in Sicherheit. Ich kann in die Menge eintauchen. Ich werde Obst- und Gemüseschalen essen und was sonst noch auf den Boden geworfen wird. Und vom Markt aus werde ich mich dahin aufmachen, wo Rebeka ist. Rebeka ist nicht böse auf mich, aber sie hat eine Krankheit.

Ich brach nicht sofort auf. Ich hatte noch Rechnungen zu begleichen, ging in der Küche herum, schlug um mich.

Draußen im Hof stand eine alte Badewanne, die randvoll mit Sand war. Hässliches hohes Unkraut wuchs darauf. Der Sand war festgebacken, erst Regen, dann Trockenzeit, dann wieder Regen und die nächste Trockenzeit und so weiter. Ein schmutziges Braun. Die Unkrautpflanzen ließen die Köpfe hängen, als sie auf den Boden geschleudert wurden. Ich holte Wasser vom Brunnen und traf unterwegs Leute. Ich dachte, wenn Mama und Onkel zurückkommen und mich vermissen, werden diese Leute ihnen erzählen, dass ich Wassereimer geschleppt habe. Sie werden mich nicht finden.

Sobald der Sand sich lockerte und etwas krümeliger wurde, schippte ich ihn in den Hof, um kleine Behausungen zu bauen.

Auf gespenstische Weise beginnen Worte durch mich hindurchzuströmen. Ein Schwall von Worten, Gebeten, Flüchen – »Mutter ist so lieb, Mutter ist nicht lieb.« Die Männer, die mich gefangen gehalten haben, sprechen durch mich. Wörter und Wendungen, von denen mir gar nicht bewusst war, dass ich sie kannte, ich muss sie wohl in den Unterweisungen gehört haben.

»*Sabo. Sabo. Sabo.*«

Blasphemie. Blasphemie. Blasphemie.

»*Raquki kuturwa.* Ich bin eine Leprakranke.«

»Mein Bruder ist nach Kano gegangen. *Ya sam mini goro.* Er hat mir Kolanüsse besorgt.«

»*Ya ara min riga.* Er hat mir ein trauriges graues Gewand geliehen.«

»Männer haben mich im Krieg überwältigt … Sie haben mir mein Geld weggenommen. Jeder von ihnen hatte drei Frauen … es ist eine Sünde, die zum Tod führt.«

Ba zan koma ba
Ka kama
Ki kama
Ku kama.
Pack sie. Pack sie. Pack sie.
Ku kai
Ku kama shi
Ki sa rana.

Ich hatte sie nicht gehört, nicht einmal gesehen, aber meine Mutter ist außer sich, ruft: »Halt sie fest, Nathan, halt sie fest«, als ich versuche wegzulaufen. Sie zittert vor Angst. Sie sagt, die Dschihadis sind gekommen und werden uns umbringen. Ich lächele und mache einen freundlichen kleinen Knicks. *Allah ya rufa mana.* Möge Gott unsere Geheimnisse verbergen.

Onkel hat mich gepackt. Seine Hand auf meinem Nacken, ein Klammergriff. Er hat mir mein Telefon weggenommen, meine letzte Verbindung zu Pfarrer Reuben oder Abigail oder sonst wem.

Ich werde durch die Küche geführt. Mama ist starr vor Angst. Onkel hält eine schwarze Plane vor das Fenster, und sie reicht ihm Reißzwecken, damit er sie festpinnen kann. Sie drücken die Reißzwecken an den Ecken in die Wand. Das Zimmer ist stockfinster. Er steht vor mir, einen Knüppel in der Hand. Zwei oder drei Schläge damit, dann ist mein Gehirn Matsch. Ich bin feige. Ich flehe um Gnade. Ich sage ihnen, dass ich sie liebe, was nicht stimmt, und dass ich auf unseren Feldern arbeiten werde. Ich werde alles tun, Hauptsache, ich bin nicht in diesem Kerker eingesperrt, denn die Dschihadis werden kommen und mich von hier verschwinden lassen.

Das Fenster ist verrammelt. Versperrt, schon lange. Nicht das geringste bisschen Licht dringt herein. Zuerst habe ich mich davorgestellt, in der Hoffnung, jemand werde meinen Gefangenenschatten sehen, doch vergebens. Ich stehe stundenlang da, bis es so kalt wird, dass ich wieder ins Bett krieche, mir die baumwollene Tagesdecke über den Kopf ziehe, um zu verschwinden. In der tiefen Stille steigt Wehgeschrei von einem gefürchteten Ort auf.

Mama schlief auf einem Stuhl in der Küche, und im Morgengrauen begleitete sie mich zur Außentoilette. Der Boden war von schimmerndem Tau bedeckt, in den ich mich gerne gelegt hätte, aber sie drängte mich zur Eile, wollte nicht, dass mich irgendjemand sah. Später stellte sie mir einen Teller Brei vor die Tür. Es war, als wäre ich wirklich eine Leprakranke.

Und so ging es weiter, im Wechsel zwischen Träumen und Wachen. Ich merke keinen Unterschied, bin völlig apathisch. Später die Ängste und Laute der Nacht. Manchmal bin ich im Wald, einem fremden Wald, in dem der Mensch keinen Platz mehr hat. Riesenhafte Bäume, die grauen Stämme knorrig. Sie knurren Unverständliches.

Mama zerrt mich aus dem Bett, fährt mir mit einem Kamm durchs Haar, stützt mich. Wir haben Besuch. Auntie und einige Verwandte sind gekommen, um mit mir zu sprechen. Sie haben Neuigkeiten. Ich werde in die Küche geführt und sehe dort fünf Frauen und ein kleines Mädchen mit brauner Mütze, das sich in eine Ecke drückt. Pia heißt sie. Sie wird aufgefordert, mir ein paar Gegenstände zu geben. Schüchtern und ohne mir ins Gesicht zu blicken, tut sie es. Den grünen Schnuller mit der Perlenschnur, ein Paar gestrickter Schühchen und ein Lätzchen. Auntie kann vor Kummer kaum sprechen, ihre Tränen sind so dick wie ihre Perlen. Ihre Nägel sind pechschwarz, das Pink der Nagelhaut krude, unverschämt.

»Babby ist von uns gegangen. Babby hat uns verlassen.« Es war ein friedlicher Tod, ein plötzlicher Kindstod, das gibt es öfter. Sie sind untröstlich, Pia und sie.

Sie sind gekommen, um mich an all den glücklichen Momenten teilhaben zu lassen, die Babby bis zu ihrem Ende erlebte. Ihr abendliches Bad, das Pia Blubberbad nannte, und danach das Wiegen, auf der Küchenwaage, so zart war sie immer noch. Ihr Gewicht wurde in einem kleinen Notizheft eingetragen, von dem Auntie sich aber noch nicht trennen kann. Eines Tages wird sie es mich lesen lassen, und dann werde ich sehen, wie liebevoll mein Kind versorgt wurde. Pias Kopf bewegt sich immer wieder vor und zurück wie die schwankende Nadel der Küchenwaage. Sie haben einen Kuchen mitgebracht. Mama schlägt vor, dass wir uns alle setzen und davon essen. Es gibt nicht genügend Stühle. Der Kuchen hat drei Farben, Gelb, Braun und Grün. Leichenbrot. Sie unterhalten sich, während sie essen. Die eiskalte Gewissheit ihres Todes hat mich noch nicht ergriffen. Auntie lässt sich über den Moment aus, als Pia durch den Flur gerannt kam und rief: »Lady, Lady, kommen Sie schnell!«, und wie sie dann in das Zimmer trat und diese kleine tote Gestalt vor sich sah, die doch gerade noch so ein wonniges Schätzchen gewesen war.

Ich hasse sie alle. Ich will sie umbringen.

Ich bitte Mama flüsternd, mich zu »seinem« Grab zu bringen, Babby ist für mich schon zu einem Es geworden. Sie hört, was ich flüstere, und gibt meine Bitte weiter, es sei mein einziger Wunsch. Es tue ihnen leid, aber das sei unmöglich. Ich solle aber wissen, dass das Kind gemäß dem alten Ritual begraben worden sei, in ein neues weißes Leichentuch gehüllt. Sie musste weit weg von unserer Gegend begraben werden, um das Böse zu bannen, das noch fortlebte. Ein eigens beauftragter Bestatter habe das übernommen, sie in einen angrenzenden Staat gebracht und so das Böse seiner Macht beraubt.

»Bringt mich hin«, rufe ich. Wenn ihre Worte irgendetwas bedeuten, sage ich zu ihnen, muss ihr Herz sich doch erweichen lassen. Draußen steht ein Auto, das kann mich hinbringen. Mehr verlange ich nicht. Ich werde Babbys Tod akzeptieren, wenn man mich zu ihrem Grab bringt. Sie schütteln den Kopf. Es ist nicht möglich. Auntie stimmt ein Gebet an, und die anderen fallen ein.

Inmitten all des Betens und Lamentierens, der ganzen Heuchelei, kam eine Schwärze in meinem Innern auf. Ich ging darauf zu. Nahm sie an. Begab mich hinein, und alles wurde schwarz.

Erst war es ihr Schatten, dann ihr Geist, ihre kleine Gestalt in feinste Gaze gehüllt, die Füße berührten kaum den Boden.

»Babby«, flüsterte ich. Sie antwortete nicht. Ich war starr vor Angst.

Nach dem dritten Besuch ließ meine Furcht nach. Sie kam immer bei Einbruch der Dunkelheit, wenn Mama für Onkel kochte. Der Schimmer ihres Gazekleides warf einen Lichtschein, wie eine Lampe. Sie schlich herum. Was willst du. Sie antwortete nicht.

»Ich bin einsam«, sage ich ihr und frage, was das Leben noch für mich bereithält. Einmal versuche ich, sie zu berühren, aber sie enthuscht mir. Warum stöbert sie immer so herum. Wonach sucht sie. Schließlich begriff ich. Voller Freude zog sie es hervor. Staubte es ab. Das Schrankpapier, das ich für meinen Aufsatz über Bäume bekommen hatte. Ich starre darauf. *Woods of Windsor.* Wie wir uns an die kleinsten Überbleibsel klammern.

»Geh nicht weg, geh nicht«, bitte ich sie, aber sie ist schon fort, hat einen seltsamen Duft im Raum hinterlassen, flüchtig wie eine Essenz. Mama riecht ihn, als sie hereinkommt, sie schnuppert, sagt: »Hier war doch jemand.«

Sie befürchtet, dass die Sekte kommen und mich holen wird, ist überzeugt, dass sie eine Sirene geschickt haben, um mich fortzulocken.

Mama hat sich neben mich aufs Bett gelegt.

»Was habe ich nur getan … Was habe ich nur getan«, sagt sie immer wieder. Wir sind jetzt bessere Freundinnen. Wieder und wieder bitte ich sie, flehe sie an, können wir zum Grab gehen. Sie macht sich endlose Vorwürfe. Pfarrer Reuben tut sein Bestes, um die anderen umzustimmen. Mama sagt, ich rede im Schlaf. Ich bitte sie inständig, wenigstens mit mir bis zum Friedhofstor zu fahren; wenn es verschlossen ist, können wir daran rütteln, hindurchbrüllen, uns Gehör verschaffen.

»Was habe ich getan … Was habe ich getan«, sie sagt es immer wieder, bei Tag und bei Nacht.

»O Herr, du pflücktest mich«, sage ich.

Onkel ruft aus der Küche, ich solle aufstehen, es sei Pflanzzeit, ich gehörte aufs Feld.

»Sie ist doch selbst nur noch ein zarter Halm«, antwortet meine Mutter.

Ich begriff selbst nicht, warum ich es ihr erzählte, aber ich tat es. Ich durchlebe noch einmal den Tag, an dem ich versuchte, Babby zu ertränken. Der Hunger, das ständige Geschrei und Bukis Tod hatten mir den Verstand geraubt. Ich nahm Mama mit auf unseren Weg zum See, beschrieb die großen Abstände zwischen den Bäumen, den Affen, der uns von Baumkrone zu Baumkrone folgte, einen Busch mit einer Unmenge rosafarbener Blüten. Dann das Wasser selbst, so silbrig und schön, wie ein ovaler Servierteller, und wie ich sie in die Kühle senkte, nach der sie sich so sehnte. Ich beschrieb den sanften Luftzug, der über sie hinwegstrich, und ihr glückseliges Lächeln.

»Hör auf, hör auf«, sagte Mama. Sie ertrug es nicht mehr. Vor sich hin murmelnd ging sie hinaus, ihr ganzer Körper in Buße gebeugt. Viel später kam sie wieder und brachte etwas mit – frittierten Maniok und ein paar Rosinen. Keine Ahnung, wo sie die herhatte.

Mit der Zeit bekam sie Angst, dass mir etwas zustoßen würde. Sie befürchtete, sie könnte dann gerade auf dem Feld sein und ihm helfen, und ich wäre ganz allein. Sie besorgte eine Glocke, die einst ihrem Ahnen gehört hatte, einem Stammesoberhaupt. Es war eine kupferne Kuhglocke. Damit würde ich Nachbarn oder Passanten alarmieren können. Der Klöppel bewegte sich nicht mehr, weil die Glocke so lange nicht mehr in Gebrauch gewesen war, aber ich nahm sie trotzdem.

Sie machte kleine Spaziergänge mit mir, damit ich wieder gesund wurde, aber alles, die Menschen, die Bäume, die Pumpe, das alles waren nur Schatten, und vor meinem Spiegelbild in den Pfützen schauderte ich zurück.

Als letzten Ausweg beschloss Mama schließlich, nach der Hexerin zu schicken.

Die Frau kam mitten in der Nacht. Ihre Kleider waren sehr bunt, und sie hatte ein Bündel mit all ihren Pflanzen und Pulvern und Zaubermitteln dabei. Sie zog ein paar Stängel hervor, an denen noch Erde hing, und erzählte uns, sie sei in den heiligsten Teil des Waldes gegangen, um diese Arzneien zu finden. Ihre Füße seien müde. Sie brauche etwas zu trinken. Während Mama ihr etwas holte, schnupperte sie herum, sah mich an und sagte: »Betört … Du bist immer noch betört.« Ich hatte zu viel Angst, um sie zu fragen, was sie damit meinte. Dann wies sie Mama an, ein paar Lappen, eine Schüssel mit sauberem Wasser und ein Ei zu bringen. Zum zweiten Mal wurde Mama hinausgeschickt.

Ich musste mich in das rohe Ei stellen, erst mit dem einen, dann mit dem anderen Fuß, zur inneren Reinigung. Dann musste ich aus einem kleinen Becher trinken. Es war Blut von einer bestimmten Kuh. Sie sagte, die Kuh sei nicht gestorben, sondern man habe ihr das Blut mit Hilfe eines besonderen Speers entnommen. Es gebe Männer, die diese Fertigkeit beherrschten. Sie erklärte schroff, sie und ihresgleichen wüssten mehr als sämtliche Psychiater und Ärzte in diesem Land. Dann stimmte sie einen Sprechgesang an. Ich sollte ihr nachsingen. Sie sang alle Vokale und Silben ihres Clans, um *ihn* zu vertreiben, ihn loszuwerden.

Wir gingen im Kreis, mal im Uhrzeigersinn, mal gegen ihn, bis mir schwindlig wurde und ich aufs Bett sank. Ich fing an zu weinen. Sie interpretierte das als Reue. Sie war bereit, sich vom Geist durchströmen zu lassen. Dann drehte sie mich auf den Rücken, und ich spürte scharfe Schnitte, als sie mit einer Rasierklinge an mehreren Stellen meine Haut aufschlitzte, um verschiedene Pulver in die Öffnungen zu drücken. Ich musste ein hölzernes Amulett in der Hand halten und eindringlich darum bitten, von ihm befreit zu werden, ihn gehen zu lassen. Ich hatte keine Ahnung, was sie damit meinte.

»Die Muttermilch ist der Fluch des Kindes«, sagte sie, und meine sei da keine Ausnahme. Mit dem Vater sei das Kind durch das Blut verbunden, mit der Mutter hingegen durch die Milch, und meine verfluchte Milch habe überhaupt erst dazu geführt, dass man mir mein Kind weggenommen habe. Ich hatte *ihn* ihr vorgezogen. Und deshalb hatte ich es auch vorgezogen, in einem verdunkelten Raum mit schwarzem Fenster zu landen, damit er jederzeit vorbeikommen und mit mir tändeln konnte, wie es uns gefiel. Sie wurde wütend. Sie merkte, dass ich nicht reagierte, merkte, dass ich ihr nicht gehorchte, auch ohne Worte. Als Nächstes setzte sie eine Nadel ein. Mit einem Häkchen am Ende, ähnlich einer Häkelnadel. Sie erhitzte sie über einem kleinen Brenner, testete die Temperatur, bis es zischte, und dann stieß sie mir die Nadel tief in die Kehle, fuhrwerkte damit herum und schrie zugleich, er solle verschwinden. Seltsam triumphal förderte sie schließlich ein Bläschen zutage, etwa so groß wie eine Perle und fast leuchtend. Sie sagte, jetzt seien wir ihn los, das Bläschen sei sein Samen und es löse sich gerade auf. Er sei fort. Sie hatte ihn vertrieben. Laut rief sie nach meiner Mutter. Sie brauchte Stärkung, sie brauchte Milch.

»Wird sie wieder gesund?«, fragte meine Mutter, denn sie sah, wie eingeschüchtert ich war.

»Wir haben viele Götter, die ihren eigenen Entscheidungen folgen«, war die rätselhafte Antwort.

Blieb die Frage der Bezahlung. Ich wusste, dass wir kein Geld hatten.

Sie gingen zusammen hinaus, und ich erriet, dass Mama sie mit einer Henne bezahlte. Ich hörte die Aufregung im Hof, das Schreien der Henne, als sie ihr die Füße zusammenbanden oder gleich den Hals umdrehten, und der Zorn des Hahns war gewaltig.

Mama kam hereinmarschiert wie eine Kriegerin und ging mit großen Schritten durchs Zimmer. Ihr Gesicht schimmerte feucht, und Regentropfen hingen in ihrem Haar. Sie war bei Pfarrer Reuben gewesen. Als Erstes riss sie die Plane vom Fenster herunter und ließ sie auf den Boden plumpsen. Endlich Licht. Sie war in Hochstimmung. Sie murmelte vor sich hin, als redete sie mit jemandem. Dann konnte sie nicht mehr an sich halten. Sie schrie es mir ins Ohr, erst in das eine, dann in das andere: *Das Kind ist nicht tot, Das Kind ist nicht tot.* Zweimal hatte sie es ausgesprochen. Es schien unmöglich, und doch fühlte es sich wahr an. Warum ist all der Staub ein einziges Funkeln und Glitzern. Warum ist das Moos an den Bäumen nicht mehr modrig, sondern leuchtend grün. Warum tut Mama keine Buße. Was weiß sie. Woher weiß sie es. Ich stehe auf und gehe zum ersten Mal ohne ihre Hilfe.

»Woher weißt du das?«, frage ich.

Woher sie das alles weiß? Sie weiß es, weil Pfarrer Reuben es ihr gerade gesagt hat. Deswegen hat er sie so früh zu sich gebeten. Er hat es von einer Nonne namens Schwester Angelina erfahren, die eine kranke Verwandte in der Nähe besuchte. Pia kannte die Nonne und hatte sich in tiefer Bestürzung an sie gewandt, ihr gesagt, sie werde in die Hölle kommen, denn sie habe an einem Verbrechen mitgewirkt. Auntie hatte versprochen, Babby beiseitezuschaffen, und war auch bereit gewesen, sie auszulöschen, doch als der Moment kam, brachte sie es nicht fertig. Stattdessen beauftragte sie einen Tunichtgut, der alle möglichen schmutzigen Arbeiten übernahm, wilde Hunde tötete, Ratten fing, Feuerholz sammelte und sich viel auf seine Fähigkeiten als Unternehmer einbildete. Lucky nannte er sich. Er prahlte sogar damit, dass er gegen eine entsprechende Summe den Kopf des Expräsidenten auf einem Silbertablett servieren würde. Auntie traf sich heimlich mit ihm. Ein paar Tage später wurde Babby im Schlaf zu ihm gebracht, in ihre Lieblingsdecke gehüllt, von der sie kaum zu trennen war.

Schwester Angelina und Pfarrer Reuben hatten schon einen Plan geschmiedet, um sie wieder zurückzuholen. Sie wussten, dass Lucky ihnen jeden nur erdenklichen Stein in den Weg legen würde. Schwester Angelina sammelte Geld, um ihm ein Moped zu kaufen, und sei es nur ein gebrauchtes, weil er ständig darüber maulte, dass er Tag für Tag durch den Wald latschen musste. Noch während Mama mir das alles erzählte, von einer Welle des Glücks getragen, senkte sich ein Schatten nieder. Über mich. Über alles. Wir verschwendeten Zeit. Es war zu spät. Lucky hatte sie bestimmt längst an die Sekte verkauft, und dort würden sie sich die Hände reiben. Vielleicht prahlten sie bereits irgendwo in den sozialen Medien damit. Prompt bin ich wieder in dem Hof mit all den Männern und Maschinen, und Lucky kommt mit Babby und setzt sie unsanft auf dem Boden ab. Norah rennt zu ihr und versucht, sie aufzuheben und in die Arme zu nehmen, und dabei rinnt ihr das Blut an den Beinen hinunter. Zwei blutende Schwestern, die nach ihrer verlorenen Herde rufen.

»Warum zitterst du denn so?«, fragt Mama.

Ich antworte nicht. Fort. Fort. Die Herde war dahin geflohen, wo das Gras süßer war, geflohen vor Grausamkeit und Pein.

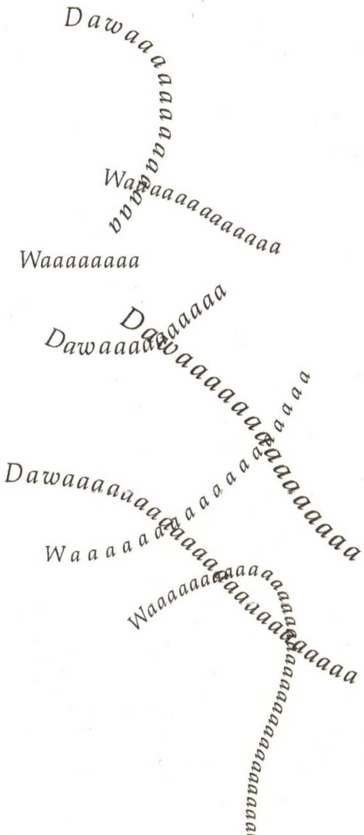

Es gab keinen Weg, nur Büsche und junge Bäume, die wild durcheinanderwuchsen, und struppige Gräser, die höher waren als ich. Ich musste mir meinen Weg bahnen, aber ich war mir sicher, am richtigen Ort zu sein, denn ein gelbliches Licht flimmerte durch die Dunkelheit. Schwester Angelina hatte mir ein Foto von Luckys klapprigem Wohnwagen gezeigt, der in einer kleinen Senke stand. Schon beim kleinsten Rascheln schrak ich zusammen.

Schwester Angelina hatte mir auch erzählt, dass Lucky nach seinem Arbeitstag im Wald immer zu seinem Wohnwagen zurückkehrte, zur Entspannung etwas Cannabis rauchte und dann ein kleines Schläfchen hielt. Er zog das Cannabis in Töpfen neben dem Wohnwagen und behauptete, es schärfe seine Sinne.

Ich musste dorthin, und zwar allein, wenn ich mich jemals noch als Mutter bezeichnen wollte.

Der Abschied von meiner Mutter war unerträglich. Sie wusste, dass ich nicht mehr zurückkommen würde. Ihre knochigen Arme mit den dünnen Sehnen schlossen sich um mich, und dann nahm sie Yusufs Hemd von der Wand, roch ein letztes Mal daran und drückte mir das

Bündel in die Hand. Sie begriff, dass Schwester Angelina mich in ein sicheres Versteck bringen würde.

Es war jetzt stockfinster, und ich stolperte dauernd über Unebenheiten im Boden, über Baumstümpfe, aber mein Blick blieb auf das flimmernde gelbliche Licht geheftet.

Ich wusste von Schwester Angelina, dass Babby tagsüber bei Luckys Tochter war, die sie abends wieder zurückbrachte und in einen Schuppen legte, wo sie ein Fläschchen bekam, das bis zum nächsten Morgen reichen musste. Ich hatte nicht damit gerechnet, dass der Schuppen abgeschlossen sein würde. Ich suchte nach dem Schlüssel, hob Steine an und tastete eine schmale Leiste ab, die sich an der hinteren Seite des Wohnwagens entlangzog, aber er war nirgends zu finden. Durch die breiten Ritzen in der Holztür konnte ich sie sehen, sie lag in einem Korb auf dem Boden, in den Händen etwas, das aussah wie ein kleines Tierfell. Es war jammervoll, sie so zu sehen, allein gelassen in ihrer traurigen, unsteten Welt. Suchten Bilder von Elend und Verlassenheit sie heim, waren ihr noch Erinnerungen an uns geblieben?

Ich linste unter der halb heruntergelassenen Jalousie hindurch ins Innere des Wohnwagens, um mich zu vergewissern, dass Lucky schlief. Er hatte sich in seinem Friseurstuhl ausgestreckt, von dem mir Schwester Angelina ebenfalls ein Foto gezeigt hatte, ein Stuhl mit silbernen Armlehnen und einer Fußstütze. Er war nur mit einer Unterhose bekleidet, und seine Sonnenbrille lag neben ihm auf dem Boden. Sein Körper war von Narben und Schnittwunden übersät, als wäre er gerade aus einem Kampf zurückgekehrt. Die vielen Goldketten und protzigen Ringe, die er trug, bildeten dazu einen krassen Gegensatz. Eine Pistole mit langem grauem Lauf hing nicht weit von ihm an einer Schnur. In einer offenen Küchenschublade lagen lauter Messer, daneben ein radförmiger Schleifstein. Auf einem kleinen Herd köchelte etwas vor sich hin, und mehrere neue Anzüge hingen auf Kleiderbügeln und warteten darauf, weiterverkauft zu werden. Ich musste schnell sein. Es dauerte nur wenige Augenblicke, die Stufen hinaufzugehen, die Tür leise aufzudrücken und nach dem Schlüssel zu suchen. Ich sah einen Bund mit Schlüsseln in allen Größen und Formen, nur der kleine glänzende, der zu dem nagelneuen Vorhängeschloss gepasst hätte, war nicht dabei. Ich schlich herum. In der Schublade mit den Küchenmessern war er nicht, auf dem Fensterbrett war er nicht, doch dann sah ich unter einem Gestell voll schmutzigem Geschirr das Glitzern kleiner Schlüssel, halb unter ein Tütchen mit Milchpulver geschoben.

Aus Gewohnheit ballte Babby die kleinen Fäuste, als ich sie hochhob, und obwohl ich erst mit ihr geschmust und mehrmals ihren Namen gesagt hatte, stieß sie einen Schrei aus, der zugleich dämonisch und angsterfüllt war. Im nächsten Moment stand Lucky auf der Treppe und brüllte herum. Was er uns alles Grässliches antun werde. Dass er meinen Namen kannte. Dass er wusste, wo ich wohne.

Ich hastete blindlings davon, ziellos, in eine Art Unterwelt. Zwischen den dicht gedrängten hohen Bäumen war nicht der geringste Lichtschein mehr zu sehen. Ich drückte Babby an meine Brust. Aus verschiedenen Richtungen ertönten Schüsse, er rannte herum und suchte uns, und nach jeder Explosion erbebte sie, als würde sie gleich auseinanderfallen wie ein Puzzle, das in seine Einzelteile zerfällt. Die Wörter für Angst und Schrecken kannte sie noch nicht, das Gefühl hingegen nur zu gut.

Ich hielt sie fest, noch fester, wie um sie in mein Inneres zu ziehen, wo sie für ihn unsichtbar sein würde. Für ihn. Wo war er jetzt? Die Pistole war nicht mehr zu hören. Vielleicht war er vorausgerannt, um uns irgendwo abzufangen. Ich musste mir immer wieder einschärfen, dass ich gekommen war, um sie zu retten, damit ich weiterlief, mich an Ästen, Zweigen, was eben da war, festklammerte und nicht stürzte. Meine Füße spürten keinen Schmerz mehr, und ich ging immer weiter, wenn es denn so etwas gibt, wie in die Ewigkeit zu gehen.

Plötzlich rutschen wir nach unten, auf einem abgebrochenen Ast, der sich in einer zugewachsenen Erdspalte verkeilt hat. Wo sind wir? Was ist passiert? Ich höre meine eigene Stimme, das Plätschern fließenden Wassers, es klingt unheimlich. Babby fängt an zu brüllen, sie spürt Unheil. Auf diesem Terrain des Todes dachte ich an Geister, stellte mir vor, dass sie auf ihren Wanderungen für die Bitten der Lebenden wohl zugleich empfänglich und nicht empfänglich waren.

»Buki«, rief ich. Ich spürte ihre Gegenwart, dann ihre Abwesenheit und im nächsten Moment die Abwesenheit aller Menschen, die ich jemals gekannt hatte. Aber wir mussten weiter, sonst würde Lucky uns finden. Auf allen vieren krabbelte ich los, sodass Babbys Gesicht immer wieder gegen meins schlug, während sie in ihrer Erregung mit den Fäusten auf mich eintrommelte. Vielleicht glaubte sie, ich brächte sie wieder in ihren Kerker zurück.

Aber wie sollte ich jemals wissen, was sie glaubte. Ich kroch weiter, versuchte sie zu beruhigen, bis sie schließlich in einen unruhigen Schlaf sank, der allerdings kaum erholsam sein konnte, denn immer wieder wurde sie von Angstschaudern geschüttelt.

Schließlich wurde es etwas heller, das Laubdach wurde durchlässiger, und in einer Lücke zwischen Bäumen sah ich den wartenden Mond. Ich hörte ein Fahrzeug vorbeituckern, dann noch eins, und schloss daraus, dass wir nicht weit von einer Straße waren. Und dann erschien zwischen ein paar Büschen eine Silhouette, offenbar die einer Frau. Es war Schwester Angelina, die auf uns zugelaufen kam, ungläubig und völlig außer sich.

»Warum hast du das getan, so ein Wahnsinn!«

»Wir haben sie«, sagte ich.

»Ein Wahnsinn«, wiederholte sie und ging schimpfend weiter, und ich folgte ihr zu ihrem Auto, das in einem kleinen Gehölz abgestellt war. Kaum waren wir eingestiegen, drehte sie das Radio voll auf. Es war die lauteste und nervtötendste Musik, die ich je gehört hatte. Sie fuhr ohne Rücksicht auf Verluste und unter Missachtung jeglicher Regeln. Andere Autofahrer hupten, und einer steckte den Kopf aus dem Fenster und rief, sie solle zurück in den Busch, wo sie hingehöre.

Erst als wir Pfarrer Reubens Haus erreichten, begriff ich, wie verstört sie war. Sie schob ihre Ärmel hoch, hob die nackten Arme, ließ alle Nettigkeit und Frömmigkeit fahren und machte den Heiligen, zu denen sie unablässig betete, heftige Vorhaltungen.

»Es war Liebe … reine Liebe«, sagte Pfarrer Reuben leise.

»Und reiner Irrsinn«, konterte Schwester Angelina, dann verschwand sie in die kleine, nicht mehr benutzte Sakristei, und wir hörten, wie sie sich übergab.

Der Raum war fast leer geräumt. Es gab noch eine lange Bank und mehrere Korbwiegen, in denen die Mütter bei den wöchentlichen Treffen ihre Babys ablegen konnten. Oben auf einem kleinen Bücherschrank sah ich eine Reihe abgestoßener Wachsrosen, und in seinem Innern, von Spinnweben umhüllt, Papiere und Broschüren. Pfarrer Reuben tat alles, damit wir uns willkommen fühlten, fütterte Babby geduldig aus einem Becher. Fast unmittelbar danach sank sie in tiefen Schlaf.

Schwester Angelina kam und setzte sich neben mich auf die Bank, jetzt zerknirscht, Tränen rannen ihr über die Wangen. Wir saßen schweigend da, wussten, dass jeden Moment die Tür aufgebrochen werden konnte.

Am nächsten Morgen verließen wir Pfarrer Reubens Haus, in aller Frühe, damit uns niemand sah.

Er stand auf der Türschwelle, stolz und aufrecht, so froh, als wäre sein eigenes Leben gerettet worden.

»Vergiss uns nicht«, sagte er. Es kam mir vor wie ein Wortwechsel zwischen Lebenden und Toten, als hätte er sein Geisterdasein bereits angetreten.

Als das zweiflügelige Tor des Klosters geöffnet wurde, damit unser Wagen hineinfahren konnte, roch ich Blütenduft. Überall Blüten, sogar an dem flachen Gebäude. Blumenbeete säumten die niedrigen Buchsbaumhecken. Die Sonne schien.

In der kleinen Empfangshalle erwarten uns bereits einige Nonnen, und aus allen Richtungen kommen weitere herbeigelaufen, so eilig, dass ihre Schleier flattern. Jede Einzelne gibt mir die Hand. Sie umarmen Schwester Angelina. Aber sie können nicht länger bleiben. Sie haben Verpflichtungen. Sie lehren den Katechismus. *Katechistinnen* werden sie genannt. Sie tragen Anstecker an der Bluse, auf denen das steht. Es riecht nach Bohnerwachs. Durch ein Buntglasfenster hoch über uns fällt Sonnenlicht herein, auf dem Boden ein Mosaik aus wundersamen Blautönen. Es gibt einen hölzernen Altar mit einer Statue des heiligen Franziskus, des Schutzheiligen dieses Ordens, und auf dem Sims rundherum Fürbittzettel.

Ich sehe, wie Schwester Angelina ihre braune Strickmütze wieder aufsetzt, sie wird also gleich aufbrechen. Sie muss zurück zu der kleinen Schule, wo sie mit einer anderen Nonne zusammen unterrichtet. Der Wagen, der uns hierhergebracht hat, wartet, um sie zum Busbahnhof zu bringen, und dann wird sie noch fünf oder sechs Stunden unterwegs sein.

»So viele arme Menschen … so viele Kinder«, mehr sagt sie nicht. Sie wird mir schreiben.

Babby und ich sind jetzt allein mit Schwester Christiana, die uns in den Speiseraum führt und sagt, wir seien doch sicher müde und durstig. Alles ist so ruhig, so ordentlich. Die Wände sind hellgelb, und es gibt kleine, runde Tische mit dunkelrot gemusterten Decken, auf denen jeweils eine kleine Vase mit einem Sträußchen Trockenblumen steht, ganz offensichtlich sind es die Tische, an denen die Nonnen essen. Die Musselinvorhänge am Erkerfenster verdecken die hohe Mauer dahinter.

Babby ist eingeschlafen. Schwester Christiana bringt mir ein Glas kaltes Wasser. Das Wasser stammt aus einem ihrer Brunnen. Sie haben Glück, sagt sie, denn es gibt hier drei Brunnen, zudem fließen mehrere auf der Hochebene entspringende klare Bäche vorbei. Das Wasser aus diesen Bächen ist so besonders, dass es sogar Flecken aus ihren weißen Blusen entfernt. Sie sieht, dass ich mich etwas verloren fühle, und bringt mir ein Buch, ein Geschenk. Es ist das erste Buch, das mir gehört. Auf dem Umschlag ist ein Bild von Jesus mit einem Stab in der Hand und einem Lamm auf dem Arm, das eine sichelförmige blutende Wunde auf dem Rücken hat. Es ist ein Buch mit täglichen Betrachtungen. Ich schlage die Seite für den heutigen Tag auf und lese:

Zu der Zeit, da die Richter regierten, ward eine Teuerung im Lande. Und ein Mann von Bethlehem-

Juda zog wallen in der Moabiter Land mit seinem Weibe und seinen zwei Söhnen. Der hieß Elimelech und sein Weib Naemi und seine zwei Söhne Mahlon und Chiljon; die waren Ephrather von Bethlehem-Juda. Und da sie kamen ins Land der Moabiter, blieben sie daselbst. Und Elimelech, der Naemi Mann, starb, und sie blieb übrig mit ihren zwei Söhnen. Die nahmen moabitische Weiber; eine hieß Orpa, die andere Ruth. Und da sie daselbst gewohnt hatten ungefähr zehn Jahre, starben sie alle beide, Mahlon und Chiljon, daß das Weib überlebte beide Söhne und ihren Mann. Da machte sie sich auf mit ihren zwei Schwiegertöchtern und zog wieder aus der Moabiter Lande; denn sie hatte erfahren im Moabiterlande, daß der HERR sein Volk hatte heimgesucht und ihnen Brot gegeben. Und sie ging aus von dem Ort, da sie gewesen war, und ihre beiden Schwiegertöchter mit ihr. Und da sie ging auf dem Wege, daß sie wiederkäme ins Land Juda, sprach sie zu ihren beiden Schwiegertöchtern: Geht hin und kehrt um, eine Jegliche zu ihrer Mutter Haus. Der HERR tue an euch Barmherzigkeit, wie ihr an den Toten und mir getan habt! Der HERR gebe euch, daß ihr Ruhe findet, eine Jegliche in ihres Mannes Hause! Und küßte sie. Da hoben sie ihre Stimmen auf und weinten und sprachen zu ihr: Wir wollen mit dir zu deinem Volk gehen. Aber Naemi sprach: Kehrt um, meine Töchter! warum wollt ihr mit mir gehen? Wie kann ich fürder Kinder in meinem Leibe haben, die eure Männer sein könnten? Kehrt um, meine Töchter, und geht hin! denn ich bin nun zu alt, daß ich einen Mann nehme. Und wenn ich spräche: Es ist zu hoffen, daß ich diese Nacht einen Mann nehme und Kinder gebäre, wie könntet ihr doch harren, bis sie groß würden? wie wolltet ihr verzeihen, daß ihr nicht Männer solltet nehmen? Nicht, meine Töchter! denn mich jammert euer sehr; denn des HERRN Hand ist über mich ausgegangen. Da hoben sie ihre Stimmen auf und weinten noch mehr. Und Opra küßte ihre Schwiegermutter; Ruth aber blieb bei ihr. Sie aber sprach: Siehe, deine Schwägerin ist umgewandt zu ihrem Volk und zu ihrem Gott; kehre auch du um, deiner Schwägerin nach. Ruth antwortete: Rede mir nicht ein, daß ich dich verlassen sollte und von dir umkehren. Wo du hingehst, da will ich auch hingehen; wo du bleibst, da bleibe ich auch. Dein Volk ist mein Volk, und dein Gott ist mein Gott. Wo du stirbst, da sterbe ich auch, da will ich auch begraben werden. Der HERR tue mir dies und das, der Tod muß mich und dich scheiden. Als sie nun sah, daß sie fest im Sinn war, mit ihr zu gehen, ließ sie ab, mit ihr davon zu reden. Also gingen die beiden miteinander, bis sie gen Bethlehem kamen. Und da sie nach Bethlehem hineinkamen, regte sich die ganze Stadt über ihnen und sprach: Ist das die Naemi? Sie aber sprach: Heißt mich nicht Naemi, sondern Mara; denn der Allmächtige hat mich sehr betrübt. Voll zog ich aus, aber leer hat mich der HERR wieder heimgebracht. Warum heißt ihr mich denn Naemi, so mich doch der HERR gedemütigt und der Allmächtige betrübt hat? Es war aber um die Zeit, daß die Gerstenernte anging, da Naemi mit ihrer Schwiegertochter Ruth, der Moabitin, wiederkam vom Moabiterlande gen Bethlehem.

Die junge Nonne, die kocht, hat mir einen weißen Plastikstuhl in den Garten gestellt. Sie will, dass ich mehr esse. Beim Mittagessen hat sie mir eine Extraportion Fleischsoße über meinen Reis geschöpft. Und als Leckerei gab es hinterher noch Pancakes mit Ahornsirup.

Babby will spielen. Der kleine Fußweg zum Eingang ist gekiest, und die Kiesel faszinieren sie. Sie hebt sie auf, tapst in dem Strampler, den sie hier bekommen hat, ein paar Schritte und schmeißt sie auf den Boden. Dann geht sie zurück, um mehr Steine zu holen, und fällt auf die Nase. Es dauert ein bisschen, bis sie sich entschieden hat, ob sie heulen oder aufstehen soll. Sie steht auf und holt noch mal zwei Handvoll Kiesel, die ihr zwischen den Fingern durchrutschen, und das bringt sie zum Lachen. Es ist ein fast unnatürliches Lachen, das erste richtige Lachen ihres Lebens.

Ein Mann ist gekommen, um im Garten zu arbeiten. Mit einer Hacke entfernt er das Unkraut zwischen den Pflastersteinen und wirft es auf einen Haufen. Er hat einen kleinen Jungen dabei. Der Junge beäugt uns neugierig. Der Vater hat gerade eine lange Unkrautpflanze weggeworfen, und Babby beschließt, dass sie die haben muss, denn damit kann man auf Sachen hauen. Der Junge will die Pflanze auch. Babby rückt sie nicht heraus. Sie raufen. Das Unkraut reißt mittendurch, und vor lauter Wut beißt der Junge Babby. Es ist eher ein Zwicken als ein Beißen. Aber sie brüllt und deutet auf die Stelle, wo er die Zähne angesetzt hat. Es blutet nicht, doch sie holt alles aus der Situation heraus. Der kleine Junge wird heimgeschickt, in ein kleines Häuschen direkt hinter dem Heckenkarree. Hasserfüllt schaut er zu uns zurück.

Ich entschuldige mich bei seinem Vater. Ich hätte nicht so geistesabwesend sein sollen. Er sagt, ich solle mir keine Gedanken machen, und fragt, ob ich mich schon hinausgewagt habe. Er öffnet einen der Türflügel. Ich sehe eine Welt der Männer, so viele Männer, sie fahren Moped, treiben Ziegen vor sich her, tragen Waren auf dem Kopf, sind alle mit irgendetwas beschäftigt und beachten mich nicht. Ja, ich habe Angst vor ihnen. Ich habe Angst vor dem, was sie mir antun könnten. Ich habe Angst, den Schutz dieser hohen Mauern zu verlassen.

Am Abend werden wir in unsere Unterkunft gebracht. Es ist ein kleines Haus auf der anderen Seite des Geländes, und während wir den Hof durchqueren, sehe ich ein paar Katzen, die sich unter den beiden Autos und dem Laster verstecken, sich für die Nacht einrichten. Die beiden Autos, erklärt mir eine Schwester, sind dazu da, Nonnen ins Krankenhaus zu fahren oder Besucher am Busbahnhof abzuholen. Und dass wir das Zimmer nicht früher beziehen konnten, lag daran, dass ein Bischof für eine Woche dort gewohnt hat. Er kommt regelmäßig, weil es hier so ruhig und friedlich ist. Auch Nonnen aus verschiedenen Häusern auf der ganzen Welt kommen hierher. Im Speiseraum habe ich die anderen über eine Nonne reden hören, die demnächst aus Irland kommen soll. Schwester Rosario heißt sie, und die Nonnen arbeiten an einem Schultertuch für sie, besticken es, passend zu ihrem Namen, mit vielen Rosen. Drei Nonnen arbeiten von verschiedenen Seiten an der Stickerei. Alle singen ein Loblied auf Schwester Rosario. Sie ist alt. Sie fragen sich, ob ihr das Tuch wohl gefallen oder ob es ihr doch zu bunt sein wird. Und sie fragen sich auch, ob sie es über den Schultern tragen oder es sich über die Knie legen wird, wenn sie im Schaukelstuhl sitzt und den Rosenkranz betet. Was sie nicht sagen, ist, wann Schwester Rosario kommt.

Unsere Unterkunft ist klein und sauber, und alles ist für uns hergerichtet. Ein Krug Wasser und ein Babyfläschchen mit zwei sauberen Saugern stehen bereit. Eine Schwester führt mich ins Wohnzimmer, das direkt ins Schlafzimmer übergeht, mit einem dünnen goldenen Vorhang dazwischen. Sie sagt mir, dass demnächst die Hunde rausgelassen werden und ich bis zum Morgen nicht in den Hof hinausgehen soll. Da sie hier weder Waffen noch Männer zu ihrer Verteidigung haben, sind die Hunde ihr einziger Schutz.

Wir bleiben allein zurück.

Babby will sich nicht fürs Schlafengehen fertig machen. Sie will spielen. Diesmal mit dem Vorhang. Als sie daran zieht, merkt sie, dass sie ihn bewegen kann. Sie versteckt sich dahinter, dann lugt sie hervor und ruft: »Hu!« Das nächste Spiel besteht darin, an dem Vorhang zu ziehen und herauszufinden, wer stärker ist, er oder sie. Ich muss aufpassen, dass sie nicht zu fest daran zieht, sonst kracht er herunter, und dann bekommen wir Ärger.

Nur unter gutem Zureden kriege ich sie in die Badewanne. Doch als sie dann drin sitzt, ist sie munter und zufrieden. In der großen Wanne steht eine kleinere für sie, mitsamt einer Plastikente als neuer Freundin. Die Handtücher und Waschlappen gefallen ihr. Sie sind gelb, und auf eine Ecke ist in Schwarz das Wort *Gast* gestickt. Auch die von den Nonnen selbst hergestellte Seife gefällt ihr. Sie ist karamellfarben, und ich kann Babby, die denkt, das wäre etwas Süßes, gerade noch davon abhalten, sie sich in den Mund zu stecken.

Es ist dunkel, als die Hunde herausgelassen werden. Sie heulen und heulen, sind froh, nicht mehr eingesperrt zu sein. Ich kann sie nicht sehen. Ich traue mich nicht, den Vorhang zur Seite zu ziehen, denn dann werden sie hochspringen. Ich gehe ins Bett.

Jede Nacht wache ich in diesem Zimmer auf und denke: *Wo sollen wir hin.* Ich habe bizarre Träume. Manchmal bin ich mit anderen Müttern und Kindern auf der Reise, und in einem einsamen Gebiet werden wir in kleinen Gruppen aus dem Laster geworfen. Der Fahrer verabschiedet sich vergnügt von uns, froh, dass er uns los ist.

Als die Hunde im Morgengrauen wieder hereingeholt werden, stelle ich mich ans Fenster und sehe den schwindenden Mond, atemberaubend schön, mit einem Hof wie ein Heiligenschein.

Es gab kein Tor. Wir gingen einfach hinein in den riesigen Hof, in dem es von Menschen wimmelte, Kinder tobten herum, und eine melancholische Ziege, die an einem Pfosten angebunden war, meckerte vor sich hin.

Zwei Hunde, nur Haut und Knochen, rannten herum und bellten sich hysterisch an. Der Verwalter, der uns herumführte, sagte, dass Leute diese Tiere kauften und versuchten, sie aufzupäppeln und dann mit Gewinn weiterzuverkaufen. Alle versuchten, irgendwie über die Runden zu kommen.

Im Kloster hatten sie Nachricht erhalten, dass ein freies Zimmer benötigt wurde, und Schwester Christiana sagte mir Bescheid, wenn auch äußerst ungern. Als wir das kleine Gästehaus verließen, wurden bereits frische Blumen in eine Vase gestellt und mit Weihwasser besprenkelt, um Schwester Rosario willkommen zu heißen. Schwester Christiana gab mir ein paar Abschiedsgeschenke – Chapatis, Frühstücksflocken und ein Glas Guavenmarmelade. Dann nahm sie eine Medaille von ihrem Gewand, heftete sie mir an den Kragen und machte das Kreuzzeichen vor meiner Stirn. Es war eine Medaille zur Verehrung der Zunge des heiligen Antonius.

Das Lager befand sich in einer ehemaligen Schule, in der jetzt Hunderte von Vertriebenen wohnten. Es war ein zweistöckiges Gebäude, das den Hof auf drei Seiten umschloss. Alles hatte etwas Improvisiertes. Frauen standen um Wasser an, andere zankten um ihren Platz in der Schlange vor einem der drei Feuer, und wieder andere versuchten, ihre Kinder mit Wasser aus Krügen oder dem einen defekten Schlauch zu waschen.

Unser Raum war im Erdgeschoss. Er war durch einen Baumwollvorhang von dem lärmerfüllten Flur getrennt. Dort herrschte ständiges Kommen und Gehen. In dem Raum gab es eine Matratze mit einem dünnen Laken und in der Ecke ein kleines Kohlenbecken mit Holzkohlespänen.

Ich stellte unsere Habseligkeiten ab, denn der Verwalter wollte unbedingt seine kleine Führung fortsetzen, damit wir uns hier zurechtfinden würden. Er deutete auf die Latrinen und flüsterte mir zu, nachts gingen die Frauen üblicherweise zu dritt oder viert. Draußen an der gegenüberliegenden Wand sah ich einen baufälligen kleinen Schuppen, auf dem in großen Druckbuchstaben SANITÄTER stand. Die Tür war verschlossen. Er wurde schon lange nicht mehr genutzt. Ein Stück weiter befand sich ein Gebetsraum, und ich fragte den Verwalter, ob ich hineingehen dürfe. Es war ein sehr kleiner Raum mit Sakristei, einem Tisch, auf dem Messgewänder lagen, und einer Metallschale für das Weihwasser. Eine Altarschelle lag seitlich auf einer Untertasse und klirrte gespenstisch, als ich daran vorbeiging. Es gab auch ein Bild von Jesus ganz in Scharlachrot, mit der Aufschrift: *Gott ist ewig, jetzt und immerdar.* Der Verwalter erklärte, manchmal finde hier sonntags ein Gottesdienst statt, aber die Pfarrer könnten nicht regelmäßig kommen, da sie für zahlreiche Lager im Umkreis zuständig seien.

Draußen saßen junge Männer auf dem Boden, in ein Kartenspiel vertieft. Kinder spielten in einem für sie vorgesehenen Bereich; dort waren Kästchen in den Lehmboden geritzt, und das Spiel bestand darin, von einem Kästchen ins andere zu hüpfen, ohne die Trennlinien zu berühren. Wer gewann, bekam eine gesprenkelte Murmel, die alle unbedingt haben wollten.

Nicht weit davon saß ein ältlicher Mann, der mich zu sich winkte. Er hatte etwas Essen in einer Plastiktüte bei sich und vergewisserte sich ab und zu, dass es noch da war, aß es aber nicht. Er hieß Daran, was »nachtgeboren« bedeutete. Babby tapste bei den anderen Kindern herum, die sich aber nicht mit ihr abgeben wollten, denn sie war zu klein und ihnen lästig, wie sie da zwischen den Kästchen herumwackelte und das Spiel störte.

»Ich werde nicht in diesem Lager sterben«, sagte Daran, dankbar, dass er endlich jemanden hatte, der sich seine Geschichte anhörte.

Ich werde als freier Mann sterben. Mein Haus steht noch. Eine Frau hat es mir gesagt. Das Haus habe ich eigenhändig gebaut. Drei Jahre hat es gedauert. Ich hatte drei Schlafzimmer, und weil es in der Nähe eine Wasserstelle gibt, konnte ich auch ein Bad bauen. Die Dachziegel sind milchweiß, sodass man sie schon von weitem sehen kann. Ich habe alles zurückgelassen. Ich bin um mein Leben gerannt. Meine Frau war nicht da. Und ich habe seither auch nichts mehr von ihr gehört. Ich weiß nicht, wo meine Kinder sind, vielleicht sind sie mit ihr mitgegangen, vielleicht auch nicht. Mein Haus ist alles, was ich noch habe. Die JAS-Kämpfer haben alle anderen Häuser verwüstet oder niedergebrannt, nur meins nicht, wegen der drei Schlafzimmer und des Hofes, den sie für ihren Drill nutzen konnten. Sie hatten drei Zimmer zum Schlafen. Das habe ich alles von einer Frau namens Fatima erfahren, die dort hausieren gegangen ist. Sie hat ebenfalls am Fuß des Mandara-Gebirges gewohnt. Eines Tages ist sie hier vorbeigekommen. Sie hat Suppe verkauft. Eine gelbe Suppe, die sie aus Senfsaat gemacht und in kleinen Plastikbeuteln verpackt hatte. Sie hat mich wiedererkannt. Sie hat mir erzählt, dass mein Haus noch steht. Sie und ihr Mann waren zusammen gefangen genommen worden, aber im Gegensatz zu ihm hatte sie sich geweigert, zu konvertieren. Er bat sie, keinen Widerstand zu leisten, um ihnen beiden das Leben leichter zu machen. Aber dazu war sie nicht bereit. Er ist jetzt tot, jedenfalls nimmt sie das an. Sie empfindet keine Liebe mehr für ihn. Sie hat ein Fahrrad gestohlen und ist aus dem Dorf geflohen, hat in einer Höhle gelebt, die zugleich ein Massengrab war, und dadurch ihre Angst vor dem Tod überwunden. Schließlich hat sie ein kleines Geschäft aufgemacht, einen Suppenverkauf, denn sie hatte schon immer ein Händchen fürs Kochen. Ich habe sie zufällig kennengelernt. Ich habe da oben einen Bauern um ein kleines Stückchen Land angebettelt, wo ich Mais anbauen wollte – »Ohne Arbeit kein Essen.« Er war hartherzig. Ich bin immer wieder hingegangen, habe unentgeltlich kleine Arbeiten für ihn gemacht, die Hecke geschnitten, solche Sachen. Eins seiner Kinder wurde krank im

Kopf, und seine Frau hat zu ihm gesagt: »Gib Daran ein Stück Land, dann wird Gott es uns vergelten.«

Also hat er fünf kleine Schritte gemacht, Stöcke in den Boden gesteckt und gesagt: »Für das nächste halbe Jahr ist das dein Land.« Es ist alles, was ich habe. Mit dem bisschen Geld, das ich gespart habe, werde ich das Lager verlassen, zum Mandara-Gebirge zurückgehen und mich am Anblick meines weißen Dachs erfreuen. Wenn das Haus besetzt ist, gehe ich zum Militär. Ich werde ihnen meine Papiere zeigen. Man wird mir mein Eigentum wieder zurückerstatten.

»Arise, o compatriots«, sagte er, während er aufstand und die Arme ausbreitete, eine irre Gewissheit in den Augen.

Die Kinder, die diese Geschichte schon etliche Male gehört hatten, warfen mit Lehmklumpen nach ihm.

Das Klassenzimmer war schon lange nicht mehr in Gebrauch. Die Leute luden hier ihre Handys, vor den beiden Steckdosen an der Wand ein Haufen verschiedenfarbiger Telefone, die Kabel ineinander verwickelt. Ich setzte mich gegenüber der Tafel hin und meinte, die Stimmen der Kinder zu hören, die in diesem Klassenzimmer auf den Bänken gesessen hatten. Eine abgebrochene Englischstunde: Die Lehrerin hatte die Buchstaben »si« an die Tafel geschrieben, und darunter waren Wörter aufgelistet, die den Kindern dazu eingefallen waren:

silk
sift
sim card
sip

Sir
sit
sieve
sigh
sight

Dann kam eine massige Frau herein, die Selbstgespräche führte. Sie hatte die Ärmel hochgekrempelt, entweder hatte sie sich gerade geprügelt, oder sie hatte es vor. Sie sah mich an, als sollte ich nicht hier sein. Dann ging sie zu dem Handychaos, suchte ihres heraus, hielt es sich ans Ohr, horchte und sagte dann: »Drecksack.«

»Diese Frau ist wirklich gestört«, sagte sie und setzte sich auf den Boden, zwischen den Beinen ein Baby, das keinen Mucks tat.

»Gestört.« Sie weidete sich an dem Gedanken, was sie der besagten Frau alles antun würde, noch ehe der Abend vorbei war, und erläuterte mir dann ihre Not.

Mein Mann und ich hatten eine Schneiderei und waren zufrieden. Wir machten Anzüge für Hochzeiten. Er hat Maß genommen und zugeschnitten, ich habe genäht. Nachdem der Ölboom schlagartig nachgelassen hatte, gingen die Geschäfte nicht mehr ganz so gut, denn die Bräutigame konnten sich den teuren Brautschmuck oft nicht leisten, und die Brauteltern schämten sich, weil sie nicht in der Lage waren, Möbel für das neue Heim zu kaufen. Trotzdem mussten wir nicht schließen. Und dann eines Abends, als ich mit zwei Anzügen für einen Bräutigam und seinen Trauzeugen über die Felder ging, holten mich die JAS-Kämpfer auf ihren Motorrädern ein.

»Guten Tag«, sagten sie, sehr erfreut, dass sie mir die Anzüge abnehmen konnten, und ehe ich fliehen konnte, hatten sie schon meine Handgelenke zusammengekettet, und ich gehörte ihnen. Wir sind stundenlang gefahren, und als wir zu einer Höhle in den Bergen kamen, hielten sie zum Übernachten an. Sie haben mich abwechselnd vergewaltigt. Dann kam ich in eins ihrer Lager und musste dort für ihre Frauen nähen und sticken. Bald war ich schwanger. Ich bin nur entkommen, weil die Frau von einem der Kommandeure, die völlig in ihn vernarrt war, mich ins Dorf geschickt hat, damit ich die schönste Unterwäsche aussuche. Dort traf ich einen Lastwagenfahrer, mit dem ich es gemacht habe, damit er mich mitnimmt und ein paar Kilometer von meinem Dorf entfernt absetzt. Das Schild, auf dem »Schneiderei« gestanden hatte, war weg. Ich klopfte an die Tür, und eine Frau machte auf. Dein Mann liebt dich nicht, sagte sie. Sie hat es ein paar Mal gesagt. Ihm hat das nicht gefallen, dass jemand anders für ihn spricht. Er ist an die Tür gekommen und hat gesagt, wir müssten jetzt zusammenleben, das verlange unsere Religion, wir müssten teilen. Aber das war nur der Anfang. Sie hat weiter gekocht. Sie hat weiter mit ihm geschlafen. Wir streiten. Wir sind alle hier gelandet. Er hat sein Geschäft verloren, und er hat sich selbst verloren, verschwindet oft tagelang.

Ein Telefon klingelt, und sie springt wie ein Panther hinüber – »Wo bist du. Wie ist es gelaufen. Wann kommst du wieder«, ich höre, wie sie zuhört, und dann, da sie ahnt, dass sie gleich abgeschnitten wird, ruft sie schnell ins Telefon: »Ich liebe dich!« Sie kommt wieder und hebt ihr Baby hoch, das in eine Art Koma gefallen zu sein scheint.

»Was hat er gesagt, als Sie ›Ich liebe dich‹ gerufen haben?«, frage ich.

»Er hat gesagt: ›Ich weiß.‹« Elend blickt sie sich um.

Vor drei Tagen hatte er sich auf den langen Fußmarsch in die Stadt gemacht. Jemand hatte in einem Fenster ein Schild gesehen, auf dem *Schneider gesucht* stand, und er hatte beschlossen, dorthin zu gehen, sich Arbeit zu suchen und dann getrennte Wohnungen für die beiden Familien zu finden. Aber schon während er das sagte, wusste sie, dass er sich verdrückte.

Ein paar glimmende Zigaretten bewegten sich ruckartig durch die Dunkelheit. Ich glaubte zu träumen, bis ich ganz wach wurde und hörte, wie Leute durch das offene Tor hereinkamen und andere aus ihren Löchern und Winkeln hervorkrochen. Es war die Stunde des Geschäftemachens, des Kauf- und Tauschhandels. Männer waren ins Lager gekommen, um Lebensmittel, Medikamente oder Sonstiges zu verkaufen. Ältere Leute gingen hinaus, bettelten und flehten. Eine Frau kniete fast nieder. Sie bat um eine Pille, nur für diese eine Nacht, damit sie schlafen konnte. Eine einzige Nacht des Nichts. Sie würde bezahlen, sobald sie konnte. Ein Mann beschimpfte sie, und sie schlurfte davon. Die menschliche Natur, auf den Knien. Mädchen boten gegen Geld ihre Dienste an, damit sie Essen für sich und ihre Kinder kaufen konnten. Manche wurden von Männern nach vorn geschubst, während sie feilschten und die Händler aufreizten. Es kam zu Raufereien. *Rühr sie nicht an, rühr sie nicht an.*

Zwei gegnerische Cliquen stritten sich um ein Mädchen, die anerkannte Schönheit. Der Wachmann war außer Dienst und wäre gegenüber dieser Horde ohnehin hilflos gewesen. Alles geschah schnell und verstohlen. Ein alter Mann griff ein, und diejenigen, die ein paar Naira hatten, kauften, was sie kaufen konnten, und zogen sich wieder in ihre Zimmer zurück. Junge Pärchen verschwanden eilig in die kleinen Mauernischen neben der Kirche oder hinter der Schule, wieder andere gingen durch das offene Tor hinaus auf die Felder, wo es sauberer war.

Das Tun und Treiben weckt Babby auf. Es macht ihr Angst. Sie klammert sich an mich, haut mir ihre strampelnden Füße gegen den Bauch. Ich sage ihr, dass sie hier sicher ist. *Wir sind hier sicher.* Ich verspreche ihr, was sie besonders mag. Grießbrei. Grießbrei. Sie kennt das Wort. Ich hatte das Kohlenbecken hergerichtet, und von dem bisschen Geld, das ich mit Feldarbeit verdiente, konnte ich für uns einkaufen. Sie sah zu, wie ich den Grieß rührte und rührte, die Klümpchen mit einem Holzlöffel zerdrückte, gegen die Topfwand presste. Sie gurrte erwartungsvoll. Wir aßen im Sitzen auf dem Boden und leckten die Reste von unseren Fingern ab.

Wir waren in Sicherheit. Ich hatte eine magische Grenze zwischen uns und allem, was auf der anderen Seite war, errichtet. Der Baumwollvorhang war unser Schutzwall.

Einmal im Monat kehrten Babby und ich zu einem Besuch ins Kloster zurück. Wir gingen in aller Frühe los, wenn es noch kühl war, und ich nahm meine alte Gewohnheit wieder auf, tausend Schritte zu zählen, so wie ich es mit Buki getan hatte. Wir wurden freudig empfangen. Zwei zusammengeklappte und mit Ahornsirup übergossene Pfannkuchen erwarteten uns. Babby erkannte die Umgebung wieder, rannte herum und kratzte an dem metallenen Relief auf der Vorderseite einer kleinen Sitzbank, das sie schon immer fasziniert hatte. Dann entdeckte sie das Zierdeckchen aus cremefarbener Spitze und legte es sich auf den Kopf, um uns zum Lachen zu bringen. Sie hatten eine Überraschung für mich. Wer sollte es mir sagen? Die Ehre wurde Schwester Christiana zuteil. Es war ein Brief, der an der kleinen Blumenvase mitten auf dem Tisch lehnte. Ich las ihn rasch und dachte, ich halluziniere.

Meine liebe Freundin, schrieb Schwester Angelina.

Ich habe gute Nachrichten. Es wurden Messen gelesen. Wir haben eine Stelle für dich. Die arme Mutter Pius ist zu einem Urlaub nach Verona zurückgefahren und dort gestürzt. Ihr Gesundheitszustand hatte sich schon seit einiger Zeit verschlechtert, aber sie war sehr tapfer. Fast Mitte achtzig, aber so stoisch, dass sie niemandem etwas davon gesagt hat. Wir brauchen eine zweite Lehrerin, denn ich schaffe das alles nicht allein. Es sind kleine Racker, das habe ich dir ja, glaube ich, schon gesagt. Die Erlaubnis von der Oberin meines Ordens habe ich.

Die Kinder freuen sich auch schon auf dich, und ich glaube, sie sind ein bisschen enttäuscht, dass sie ihre Schuluniformen noch nicht haben, denn mit denen hätten sie ein bisschen angeben können, wenn du kommst. Eine reiche Dame aus Lagos hat uns finanzielle Unterstützung für unsere Schule und das Unterrichtsprogramm zugesagt. Sie hat über das Internet von uns erfahren. Wie gut die Welt doch sein kann!

Aber ich schweife ab. Du wirst unser Dorf hier auf der Hochebene auf der Landkarte im Kloster finden, es ist mit winzigen Buchstaben eingezeichnet. Eine der Schwestern wird dich zum Taxistand bringen. Die Fahrt kostet 1200 Naira, kleine Kinder fahren umsonst mit. Wenn du an einen freundlichen Fahrer gerätst, wird er dich nicht nur herbringen, sondern die anderen Passagiere auch bitten, ein bisschen Geld beizusteuern. Sag ihm, dass du hierherkommst, um zu unterrichten, das wird ihm gefallen. Unterwegs gibt es Flüsse, wo du vielleicht gern aussteigen würdest, aber der Fahrer kann nicht anhalten; dazu reicht die Zeit nicht. Er muss zwei Fahrten pro Tag machen, und von Jos ist es weit. Nimm eine Flasche Wasser mit und Windeln für das Kind. Es ist eine lange Strecke, und man wird ziemlich durchgerüttelt. Irgendwann biegt ihr von der Hauptverkehrsstraße auf eine noch holprigere Straße ab, wo die Steine in alle Richtungen wegspritzen. Er wird euch in unserem Dorf absetzen, einem umgrenzten Gelände mit sechs Häusern und einem Affenbrotbaum, unter dem sich die Leute gern ausruhen. Euch wird warm sein, und ihr werdet Hunger haben. Wenn du an eine der Türen klopfst und sagst: »Könnte ich für mein Kind bitte etwas zu trinken haben«, werden sie dir Milch oder Wasser geben, oder was sie eben haben. Auch zu essen werden sie euch geben, sofern etwas da ist. Niemand wird euch abweisen. Ruht euch ein wenig aus, und dann geht weiter. Kinder werden euch den Weg zeigen. Es geht steil den Hang hinauf zu unserem kleinen Gebäude, das braun ist, mit einem Zinkdach, das der Regen ebenfalls braun gefärbt hat.

Sie holte uns auf halbem Weg ab, rannte uns freudestrahlend entgegen und nahm Babby auf den Rücken. Oben angelangt, bekamen wir als Erstes ein für diese Gegend typisches Getränk aus Hirse, als kleine Stärkung bis zum Abendessen, wie sie sagte. Stolz deutete sie auf den ordentlich angelegten, gepflegten Garten, in dem Bohnen, Knoblauch, Maniok und Erdnüsse wuchsen. Die beiden Ziegen waren davonspaziert, aber sie war sich sicher, dass sie wiederkommen würden, denn sie mochten ihren kleinen Unterstand. Sie zeigte mir den Gebetsraum, damit ich Gott allein Dank sagen konnte. Auch dieser Raum war klein. Es gab ein Lesepult, auf dem eine große aufgeschlagene Bibel lag. An der Wand hing ein Kruzifix, ein goldenes mit einem erhabenen rubinroten Herzen. Ich vermutete, dass es ein Geschenk des Bischofs war, denn sie hatte mir erzählt, wie großzügig man sie mit Spenden bedacht hatte. Der Gouverneur hatte ihnen Land überlassen, damit sie ein Haus bauen und einen Garten anlegen konnten, und Bischof James hatte verschiedene staatliche Quellen angezapft und zur Einweihung einen prächtigen Empfang in seiner Villa gegeben.

Der Klassenraum, der zugleich als Esszimmer diente, war vollgestopft mit Gegenständen: aufeinandergestapelte Stühle, ein Tisch voller Bücher, eine Tafel und aller mögliche Kram, den die Kinder hier vergessen hatten. Babby tapste herum und erkundete ihre neue Umgebung, fand einen lehmverschmierten Stock, eine Strickpuppe. Die Puppe gefiel ihr, sie küsste sie, dann fing sie an, mit ihr zu streiten. Es war drückend schwül. Schwester Angelina deutete auf einige Pritschenbetten und sagte, manchmal schliefen die Nonnen hier. Ein Mann aus der Gegend hatte die Betten im Tausch dafür gezimmert, dass er sich ihren Esel ausleihen durfte, den er brauchte, um zwischen zwei kleinen Höfen Baumaterial hin- und herzutransportieren, denn er baute gerade ein zweites Haus, für seine zweite Familie. Sie sagte, die Männer hier nähmen sich gerne mehr als eine Frau, was zu noch mehr Kindern und zu anhaltenden Streitigkeiten führte. Manchmal mochte die zweite Mutter die Kinder der ersten nicht, und es gab Zank darüber, wer was essen, wer am Tisch sitzen und wer in welcher Nacht das Bett mit dem Mann teilten durfte. Irgendwann war die erste oder auch die zweite Familie meistens gezwungen wegzuziehen, einige gingen zu Verwandten, andere liefen einfach fort. Die Kinder wurden schnell erwachsen, sie hatten gar keine andere Wahl.

Wir aßen am Schultisch, über dessen eines Ende sie eine Decke gebreitet hatte. Es war ein weißes Tuch, das mit rotseidenen Rosenknospen verziert war. Hunderte, wenn nicht Tausende von Sternen auf einem Ausschnitt des Himmels.

Sie hatte sich mit dem Kochen sehr viel Mühe gegeben. Als ersten Gang gab es eine leckere Suppe mit Petersilie. Die Saat hatte sie aus dem Mutterhaus mitgebracht und auf gut Glück ausgestreut, und sie war tatsächlich aufgegangen. »Wenn man keine Petersilie zieht, kriegt man seinen Mann nicht«, sagte sie verschmitzt. Ich fragte, ob sie mal verliebt gewesen sei, bevor sie Nonne wurde, und die Frage brachte sie etwas in Verlegenheit. Sie nahm sich Zeit für die Antwort. Ja. Sie war einmal verliebt gewesen. In einen älteren Mann, zu dem sie sich sehr hingezogen fühlte, nur war er schon verheiratet. Im Gegensatz zu vielen anderen wollte er keine zweite Frau und schlug deshalb vor, sie könne doch seinen Bruder heiraten. Aber das wollte sie nicht. Das Ganze sei, so drückte sie es aus, eine kurze Versuchung auf ihrem eigentlichen, wahren Weg gewesen.

Nach der Suppe gab es ein Gericht, für das sie am Vorabend Mais gemahlen hatte, der dann durch ein Sieb gestrichen und mit süßen Chilis gewürzt wurde. Auch zerkleinerte Erdnüsse hatte sie beigegeben. Da sie wusste, dass wir durstig sein würden, hatte sie ein Getränk aus Ziegenmilch zubereitet. Der Geschmack erfüllte mich mit erinnerter Süße aus der Zeit mit meiner Fulani Madara. Nach meiner Wunschvorstellung würden sie und meine Mutter sich eines Tages auf dem Altar des Friedens begegnen.

Mit fortschreitendem Abend wurde Schwester Angelina gesprächiger. Und als sie von ihrem kleinen Clan zu erzählen begann, ihren Kindern, die jeden Tag zu Fuß die zwei oder drei Kilometer zur Schule gingen, geriet sie in Hochstimmung. Sie waren zu ihrem Lebensinhalt geworden. Natürlich war es schwierig, sie zu disziplinieren. Ihre Gedanken schweiften beim geringsten Anlass ab, und ja, sie waren auch mal hitzig oder gereizt. Wenn nicht genügend Bleistifte für alle da waren, musste sie die vorhandenen mit einer Rasierklinge halbieren. Manche der Kinder brachten ihr Mittagessen mit, einen Getreidebrei, den sie in einem Plastikbeutel wie eine Trophäe um den Hals trugen. Andere kamen ohne Mittagessen, weil ihre Eltern nichts hatten, was sie ihnen mitgeben konnten. Diese Kinder zogen sich in sich selbst zurück oder versteckten sich weinend vor Scham unter ihrem Stuhl. Es sei anrührend, sagte Schwester Angelina, zu erleben, dass alle teilen wollten. Mutter Pius und sie hätten immer sämtlichen mitgebrachten Getreidebrei in einen Topf gegeben und noch etwas kochendes Wasser dazugegossen, sodass schließlich für alle genug da war. Die Kinder aßen schnell. Danach mussten sie immer kurz ruhen, was sie ärgerte, denn sie konnten es kaum erwarten zu tanzen. Sie hätten den Rhythmus im Blut, und es sei ulkig, sie so frei tanzen zu sehen, wie kleine Männer schwangen sie die Hüften, kleine Wellen durchliefen ihren Oberkörper, und dabei gaben die Jungs die Aufpasser und behielten die Mädchen im Auge. Sie hielten Händchen, aber sie küssten sich nie, Küsse waren etwas für Mama. Nach dem Tanzen kamen sie nicht mehr zur Ruhe, sie rannten herum, jagten Schmetterlinge oder Grashüpfer, prahlten damit, wie viele Ameisen sie heruntergeschluckt hatten, und fochten Kämpfe aus. Sie musste die Kinder beschäftigen, bis es an der Zeit war, sie in Zweier- und Dreiergruppen auf den langen Heimweg zu ihren verstreut liegenden Hütten zu schicken.

Sie hatte es sich bis zum Schluss aufgehoben, wie den guten Wein im Evangelium: einen Hort zusammengerollter Bilder. Mutter Pius hatte die Kinder ermuntert, irgendetwas aus ihrem Leben zu malen, das Haus, in dem sie wohnten, ihre Eltern, ihre Geschwister, ihr Land. Zum Teil waren es nur nichtssagende Kritzeleien, aber zum Schluss zeigte mir Schwester Angelina die Bravourstücke. Es waren drei. Ein Triptychon.

Das erste war in Rot gehalten, kantige, starre Formen, umrahmt von Rinnsalen ockerfarbenen Bluts, das von den Seiten des Blatts tropfte. Es trug den Titel *Krieg*.

Das zweite zeigte in tristem Grau eine Traube von Kindergesichtern, die aus dem Fenster schauten, in starrem, stummem Schrei. Es trug den Titel *Zuhause*.

Das dritte war ein Blick in blattreiches Grün, lauter wachsende Pflanzen – Mais, Weizen, Roggen und Sorghumhirse, die alle zugleich reiften. Es wirkte lebendig, als hätte eine kühle Brise die Blätter erzittern lassen, wie kurz vor einem Regenschauer. Dieses Bild trug den Titel *Ernte*. Sie rollte die Blätter sorgfältig wieder zusammen und presste sie voller Inbrunst an sich.

Es war Zeit, ins Bett zu gehen. Die Sterne, sagte sie, gingen schlafen, und das sollten auch wir tun, denn die

Kinder machten sich morgens schon in aller Frühe auf den Weg.

Ich konnte nicht schlafen. Die Plane auf dem Dach über dem Schlafzimmer war zurückgerollt. Die Sterne waren verschwunden, und der Himmel war golden, eine allüberspannende goldene Kuppel von so hellem Glanz, dass es schien, als wäre die Welt im Begriff, neu erschaffen zu werden. Ich war von einer ekstatischen Freude erfüllt, wie ich sie noch nie erlebt hatte. Wir waren in Sicherheit. Wir hatten ein Zuhause gefunden, zumindest fürs Erste. Licht ergoss sich ins Zimmer, erhellte das Universum. Alles war Stille. In diesem Moment ungetrübter Hoffnung, ungetrübten Glücks war mir, als dränge dieses Licht bis in die dunkelsten Schichten des Landes.

Danksagung

Mein unendlicher Dank gilt all jenen, die mir während meiner dreijährigen Arbeit an diesem Roman geholfen haben. Zunächst meinem großartigen Verlag Faber & Faber, insbesondere meinem übersinnlich begabten Lektor Lee Brackstone sowie Rachel Alexander und Kate Burton, denen die entscheidende Aufgabe zufiel, den Roman durch die vielfältigen Untiefen der Medien zu lotsen. Jonathan Galassi, Freund und hochangesehener Verleger von Farrar, Straus and Giroux, setzte sich auf der anderen Seite des Atlantiks für mich ein.

Meine unübertreffliche Agentin Caroline Michel und ihr weibliches Team arbeiteten unermüdlich dafür, den Roman auch in diversen anderen Ländern erscheinen zu lassen.

Aosdána[1] bedachte mich mit einer großzügigen finanziellen Unterstützung für meine erste Reise nach Nigeria.

Bevor ich England verließ, knüpfte ich einige Kontakte.

1 Eine irische staatlich geförderte Schriftstellervereinigung, Anm. d. Ü.

An erster Stelle seien hier Teju Cole mit seinen äußerst erhellenden Auskünften sowie Sven Hughes genannt, der mich klug vor den zu erwartenden Schwierigkeiten und Fallstricken warnte. Dann die Autoren Elnathan John und Andrew Walker, die mich auf Gerhard Müller-Kosack verwiesen; er hat viele Jahre in den Gwoza-Bergen gelebt und die gesprochene Sprache der lokalen Bevölkerung dokumentiert, die heute leider nicht mehr in Gebrauch ist. Funmi Iyanda verdanke ich ein Empfehlungsschreiben an Dr. Oby Ezekwesili, die den großartigen Slogan »Bring Back Our Girls« prägte. Sam Taylor von Ärzte ohne Grenzen hat mich mit unschätzbaren Quellen in Verbindung gebracht.

Ich traf vor Tagesanbruch in Abuja, der Hauptstadt Nigerias, ein und wurde von Seán Hoy, dem irischen Botschafter, in Empfang genommen, der mich zusammen mit seiner Frau Susan in die Botschaft eingeladen hatte. Seáns Assistentin Dorothy Barraquias brachte mir jeden Morgen die – durchweg englischsprachigen – Zeitungen und bemühte sich, zu zahlreichen Menschen und Organisationen einen Kontakt herzustellen. Bald versuchte ich mich im Getümmel der Stadt zurechtzufinden, zwischen den zahllosen Menschen mit ihren vielfältigen Verlangen, ihren Märkten, ihrem Müll und ja, ihrer enormen Vitalität, doch mein dringendstes Anliegen war, einige der Mädchen kennenzulernen, die von Boko Haram entführt worden waren. Mit Hilfe von Dr. Oby und ihrer Assistentin Deborah Olumolu sollte ich Rebecca, Abigail, Hope, Patience, Fatime, Amina, Hadya und etliche andere treffen, die alle viel zu erzählen hatten, aber von ihrer natürlichen Reserviertheit und ihrem Taktgefühl zurückgehalten wurden. Viele von ihnen hatten Babys, die immer ausgesprochen proper und in weiße Tücher gehüllt waren. Später traf ich mich mit Ärzt*innen, Psychiater*innen, Traumaspezialist*innen, Mitarbeiter*innen von NGOs und freiwilligen Helfer*innen aus aller Welt. Der Journalist Ahmad Salkida verschaffte mir Einblick in die Machenschaften von Boko Haram und in ihre Verhandlungskünste. Kim Toogood machte mich auf die Not der aus der Gefangenschaft zurückgekehrten Mädchen aufmerksam, die – selbst von der eigenen Sippe – als »Busch-Ehefrauen« abgestempelt und manchmal sogar aus der Gemeinschaft verstoßen werden. Ich besuchte mehrere Lager für Binnenvertriebene, traf Scharen von Kindern und bedürftigen Müttern, aber nur sehr wenige Männer. Pater David führte mich durch das erste dieser Lager, das mir die Augen für das Schicksal jener Frauen öffnete, die keinen Ort mehr haben, wo sie hingehen können. Viele von ihnen liefen mir nach, und mein Dolmetscher John Dghwede sagte mir, dass sie uns anflehten, sie zu retten.

Von Abuja aus fuhr ich nach Jos, eine lange und entnervende Fahrt. In Jos wurde ich von den Franziskanerinnen empfangen und durfte in dem Gästehaus wohnen, in dem normalerweise Priester oder Bischöfe beherbergt werden, die zu Exerzitien ins Kloster kommen. Schwester Christiana und Schwester Nora nahmen sich meiner an, und ich führte einige fröhliche Gespräche mit einer sehr jungen Nonne namens Rita Satum, deren winziges Kloster am hinteren Ende des nigerianischen Bundesstaats Plateau liegt. Außerdem lernte ich Schwester Antoinette und Schwester Anne kennen, beide Irinnen. Der

Anthropologe Adam Higazi und sein Cousin Yusuf Habu Na'ango fuhren mit mir in den Bundesstaat Kaduna, wo wir zwei der *wuro* genannten Fulbe-Dörfer besuchten. Die Landschaft und das Leben der Menschen dort stehen in krassem Gegensatz zu dem hektischen Treiben in der Stadt. So gut mir meine Unterkunft im Kloster gefiel, die Hunde dort, die einzigen Wachen der Nonnen, bellten die ganze Nacht lang fürchterlich. Meine nächste Bleibe befand sich in einer geschützten Wohnanlage bei Timothy McPeake, einem großartigen, redseligen Iren, der zusammen mit seinem Team für den Bau und die Instandhaltung der Straßen verantwortlich ist, ein Kontakt, den ich Seán Hoy zu verdanken hatte. Timothy weckte mein Interesse an den unzähligen sonstigen Aspekten dieses Landes – Reich und Arm, florierend und leidvoll, ein modernes Babel mit Legionen von Geschichten.

Während meines Aufenthalts in Jos war ich auch bei Women for Women International, wo Antonia Olieh und Bukola Onyishi eine Gruppe für Frauen organisiert hatten, die alle mit wieder anderen Problemen zu kämpfen hatten. Ihre vorherrschende Angst war die, dass Fulbe ihre Höfe überfallen würden, und einige erzählten von Ehemännern oder Söhnen, die nicht mehr von den Feldern zurückgekommen waren und deren sterbliche Überreste sie erst suchen mussten. Zum Schluss wurde mir die leuchtend bunte Ehrenrobe verliehen, in der ich zu meiner großen Verlegenheit auch fotografiert wurde.

Die Liste geht weiter mit Anna Badkhen, Sendi Dauda, Fatuma Hamidali Ibrahim, Fatima Akilu sowie Dr. Peter Ebeh, deren Einblicke in die größtenteils verschwiegene Geschichte der entführten Mädchen absolut niederschmetternd waren. An diesem Punkt wurde mir klar, dass die einzig mögliche Erzählstrategie für dieses Buch darin bestand, die Geschichten all der vielen gleichsam durch das Medium eines einzelnen erdachten Mädchens zu erzählen.

Auch Freund*innen in Europa habe ich zu danken: Dr. Evelyn Stern, Jonathan Ledgard und ein weiteres Mal dem unermüdlichen Sven Hughes. Clodagh Beresford und Carlo Gebler (für eine plötzliche Erleuchtung), Richard und Ajjua Rickson (die mir vorschlugen, sie zu einer Tanzveranstaltung in einer Kirche zu begleiten), Sasha Gebler (für eine entscheidende Verbesserung des Plots). In über ganz London verteilten nigerianischen Kirchen und Gebetshäusern hatten zudem freundliche Kirchgänger*innen eigene Geschichten und erfreulichere Erinnerungen zu erzählen.

Last but not least danke ich meinen Helferinnen im konkreten Schreibprozess, dieser Folge fleißiger, stets entgegenkommender Menschen, die den Text wieder und wieder tippten, an erster Stelle Nadia Proudian, meine Getreue der letzten fünfundzwanzig Jahre, und in ihrer Abwesenheit Louise Hardy, Rebecca Wearmouth, Amber Medland, Anna Martin sowie Sally Hayden, eine junge, brillante Journalistin, die bei ihren Recherchen höchste Ansprüche stellte und bis in die Nacht verfügbar war.

Zu guter Letzt danke ich Kate Ward bei Faber, die dieses Buchprojekt während seiner ganzen wechselvollen Entwicklung betreute, sowie Lucy Irvine aus Carolines Team, die auch panische Änderungen in letzter Minute noch ertrug, ehe schließlich der Moment gekommen war loszulassen.

Edna O'Briens Country-Girls-Trilogie – der Klassiker der irischen Literatur im Atlantik Taschenbuch

Die Fünfzehnjährigen
Roman
Aus dem Englischen neuübersetzt von Stefanie Jacobs
Mit einem Vorwort von Eimear McBride
285 Seiten
ISBN 978-3-455-00450-2

Als ihre Mutter stirbt und der Vater immer öfter in den Pub geht, verlässt die träumerische Caithleen zusammen mit ihrer unverfrorenen Freundin Baba das irische Heimatdorf. Doch das Leben im katholischen Internat erweist sich als äußerst trostlos. Die Mädchen suchen den Eklat und finden sich schließlich in Dublin wieder. Cait verstrickt sich in die Beziehung zu einem älteren, undurchsichtigen Mann und auch Babas Glück ist flüchtig.
Die Fünfzehnjährigen ist Edna O'Briens großer, zeitloser Roman über das Erwachsenwerden zweier ungleicher Mädchen, die sich den einengenden Zwängen ihrer Umgebung widersetzen.

»Einer der berühmtesten, berüchtigtsten, beliebtesten und einflussreichsten irischen Romane des 20. Jahrhunderts.«
The Irish Times

»Jung, lebensfroh und rebellisch. [...]
Poetisch, glasklar und unbeirrbar.«
Deutschlandfunk Kultur

Das Mädchen mit den grünen Augen
Roman
Übersetzt von Margaret Carroux
315 Seiten
ISBN 978-3-455-00451-9

Mit ihrer Liebe zum arrivierten Drehbuchautor Eugene stellt Kate sich den repressiven Konventionen ihres katholischen Umfelds entgegen. Die Diskrepanz zwischen Kates unbefangener Stimme und der harten Realität, die sie umgibt, macht deutlich, mit welch tiefer Empathie O'Brien erzählt; zugleich entsteht gerade aus diesem Kontrast der satirische Biss des Romans. *Das Mädchen mit den grünen Augen* ist eine zielsichere Kritik an der irischen Gesellschaft der fünfziger Jahre und ein Klassiker der Coming-of-Age-Literatur.

»Edna O'Brien ist subversiv im besten Sinne: Sie nimmt die Realität und erschafft aus ihr Gerechtigkeit.«
Colum McCann

Die Glückseligen
Roman
Übersetzt von Margaret Carroux
Epilog erstmals ins Deutsche übersetzt von
Hans-Christian Oeser
256 Seiten
ISBN 978-3-455-00452-6

Von ihrer Ehe enttäuscht, geht Kate eine Affäre ein. Als ihr Mann dahinter kommt, erweist er sich als erbarmungslos und selbstgerecht und nichts ist mehr so, wie es war. Währenddessen hat die gleichfalls verheiratete Baba ihre ganz eigenen Probleme. Kunstvoll kontrastiert O'Brien Babas unerbittliche, derbe Sprache mit Kates zunehmend trauernder Stimme und erzählt so drastisch von der ungeheuren Fallhöhe zwischen Traum und Wirklichkeit, die beide durchmessen.

»Eine bewegende Meditation über Trauer, Liebesverlust und den damit einhergehenden Selbstverlust, in der O'Brien alle Register ihrer Schaffenskraft zieht.«
Eimear McBride, *The Irish Times*